निदान

डॉ. सुरेश शिंदे

सकाळ प्रकाशन

सकाळ प्रकाशन

Nidan

निदान

लेखक	: डॉ. सुरेश शिंदे
अनुवादक	: दिलीप जोशी
अंतिम शुद्धिकरण	: डॉ. रजनी रणपिसे
प्रथम संस्करण	: सितंबर २०१९
मुखपृष्ठ	: सिद्धिका वैद्य
अक्षररचना और संरचना	: यशोधन लोवलेकर
प्रकाशक	: सकाळ मीडिया प्रा. लि. ५९५, बुधवार पेठ, पुणे ४११ ००२

ISBN : 978-93-87408-93-7

अधिक जानकारी के लिये : ०२०-२४४० ५६७८/८८८८८ ४९०५०
sakalprakashan@esakal.com

प्रस्तावना

यदि आप मानवीय रिश्ते-नातों के चक्रव्यूह में घूमनेवाली लघुकथाओं को पढकर ऊब गए हैं तो आपको निश्चित ही चिकित्सकीय प्रबोधन कथाओं का संग्रह 'निदान' जरूर पढना चाहिये। पुणे के प्रख्यात फिजिशिएन डॉ. सुरेश शिंदे ने उनके चार दशक के चिकित्सा क्षेत्र के अनुभव में देखीं कुछ केसेस की सत्यकथाएँ इस पुस्तक में मनोरंजक तरीके से बताई हैं।

इन कथाओं में रोगों की विविधता है। डॉक्टर साहब की विशेषज्ञतावाले मधुमेह और हृदयरोगों के अनेक प्रकारों के साथ साथ लेड पॉइजनिंग, एंड्रिअन की विषबाधा, गोचीड के काटने से हुआ पैरालिसिस, गुळवेल में कावळी के बेल की मिलावट से हुई विषबाधा, मोटे झाडू के तिनकों से ग्रामिण पद्धति से किए गर्भपात के कारण हुआ सेप्टिक, ट्यूबल प्रेग्नन्सी ऐसा सब कुछ है।

डॉ. सुरेश शिंदे ने, जैसे कोई रहस्यकथा का कथन कर रहे हो, वाचक उत्सुकता बनी रहे, बढ़ती रहे, इस प्रकार से कथन करने की कला आत्मसात की है। कथाओं के शीर्षक से उनके साहित्य-संगीत-फिल्म विषयक ज्ञान का भी बोध होता है। गंभीर मरीज और उसके साथ आनेवाले करुण रिश्तेदारों का प्रथम दर्शन, या होम विजिट के समय का वातावरण, जाँच करते समय के संवाद, जाँचे, घर में सुविद्य पत्नी सौ. माधुरी या अन्य सहयोगियों से होनेवाली चर्चाएँ, अस्पताल की स्थिति, शल्यक्रिया, अचानक हृदयगति रुक जाने से उत्पन्न आपादस्थिति... ऐसे अनेक प्रसंग डॉक्टर वाचकों के समक्ष उपस्थित कर देते हैं। हर प्रसंग में शामिल व्यक्तियों का चित्रण भी डॉक्टर प्रमुखता से करते है। इसीसे मरीज, उनके रिश्तेदार, साथी डॉक्टर, बी.जे. मेडिकल कॉलेज और ससून हॉस्पिटल के गुरुवर्य, सहयोगी, अन्य विशेषज्ञ डॉक्टर पाठकों से परिचित होते हैं।

डॉ. शिंदे जानेमाने शिक्षक-प्राध्यापक भी हैं। कथाकथन-लेखन की धारा में वे अनेक वैज्ञानिक विषय, आकृतियाँ, आलेख, एक्स-रे के चित्र, छायाचित्र की मदद से आसान कर समझाते हैं। हृदय, भेजा, यकृत, स्वादुपिंड, स्नायू, बाल, गर्भधारणा का शरीरशास्त्र वाचक को बातों बातों में पता चल जाता है। रक्तवाहिनी में थक्का जमना, छेद होना, या फुल जाना, धनुर्वात, अर्धांगवात, मधुमेह, स्नायुदौर्बल्य

(मायस्थेनिया ग्राव्हिस), विषबाधा के बारे में डर कम होता है। एण्डोस्कोपी, सोनोग्राफी, पेसमेकर, एंजिओग्राफी, एंजिओप्लास्टी, कलर डॉपलर, बायपास आदि जांचों, उपकरणों, उपचार की आवश्यकता पर विश्वास बढ़ता है। बैक्टेरिया के प्रकार, उपद्रव व उपयोग समझमें आते हैं। दाढ़ी बनाते समय स्वयं के निरीक्षण से 'स्ट्रेप्टोकायनेज' नामक दवा की खोज़ करनेवाले वैज्ञानिक के प्रति आदर निर्माण होता है। अतिवैक्सिनेशन के दुष्परिणामों का पता चलता है। आयुर्वेद के प्रति आदर रखते हुए उसकी कुछ औषधियों में शामिल 'मेटॅलिक कंटेंट' के संदर्भ में सावधानी का संकेत मिलता है। चिकित्साशास्त्र की चार दशकों की प्रगति का चित्र दिखता है और पाठक भी डॉक्टरों की तरह भविष्य के प्रति आशावादी होता है, 'देह भगवान का मंदिर है' ऐसा मानने लगता है।

मुझे यह पुस्तक एक और कारण से आकर्षक लगी क्यों कि डॉक्टर रोगनिदान व उसका उपचार निश्चित करते समय किस प्रकार से विचार करते हैं, इन कथाओं से पता चलता है। मानवीय विशेषज्ञ विविध क्षेत्रों की समस्याओं का निदान करते हुए किस प्रकार से विचार करते हैं, इसका अध्ययन मानसशास्त्र विशेषज्ञों ने किया। उसका उपयोग कर 'आर्टिफिशियल इंटेलिजेंस' नामक विज्ञान सूचना तकनीक विशेषज्ञों ने गढ़ा। इसी में से विमान चालक को उडते हुए विमान में आराम देनेवाली 'ऑटो पाइलट' तकनीक तैयार हुई जो बेधडक इस्तेमाल हो रही है। चिकित्सा के क्षेत्र में भी ऐसे 'प्रोग्राम्स' लिखे गए। मरीज की जानकारी और लक्षण बताने पर या टाईप करने पर ये प्रोग्राम संभावित रोगनिदान के विकल्प देकर उनमें से एक निश्चित करने के लिए कुछ जाँचों की सलाह देते हैं। जाँचों के रिपोर्ट फीड करने पर अंतिम रोगनिदान व उसके उपचार, दवाइयाँ आदि की जानकारी सामने आ जाती है। इन दवाइयों की क्रिया क्या होती है, ये उपचार व दवाइयाँ कहाँ उपलब्ध है, किस किमत पर आदि की 'लिंक्स' ये जानकारी उपलब्ध कराते हैं... मरीज अपनी दवाइयाँ ले लेंगे, उपचार के लिए टेक्निशिएंस काफी हैं। फिर (कम से कम रूटीन बीमारियों के लिए) डॉक्टर किस लिए चाहिये? ऐसा महौल इस 'आर्टिफिशियल इंटलिजेंस' के कारण निर्मित हुआ है।

डॉ. शिंदे की पुस्तक में इन सवालों के जवाब मिलते हैं। मरीज की कुशलता पूर्वक जाँच, मरीज व रिश्तेदारों को हिम्मत दिलाना और उसके लिए (मेडिकल कॉलेज में कभी न पढाई-सिखाई कुशलता से) संवाद साधना। यह मानवीयता का, भावनात्मक भाग कम्प्यूटर में नहीं हो सकता ये तो स्पष्ट ही है। (अर्थात इसका आभास पैदा करनेवाले प्रोग्राम्स तो रहते ही हैं, लेकिन केवल आभास ही!) किंतु

भावनात्मक पहलू के अलावा बौद्धिक पहलू में भी डॉक्टर की विशेषता पता चलती है। डॉ. शिंदे में ये विशेषता जरा अधिक ही है। इसका मूल कारण उनका दृढ़ विश्वास है कि, 'प्रकृति में प्रत्येक बात के पीछे कारण होता है और इस कारण की तह तक जाने की उनकी लगन व वचनबद्धता। जटिल डिलिवरी के समय मृत बच्चा बाहर निकालने की तैयारी होने के पश्चात डॉ. एच.एन. फडणीस उसी समय सिझर कर जिंदा बच्चा बाहर निकालते हैं... क्यों कि बाहर निकल रहे बच्चे के हाथ पर गलती से सेवलॉन गिर जाने से बच्चे ने हाथ हिलाया ये सिर्फ उन्हीं के ध्यान में आया; ऐसा सूक्ष्म निरीक्षण डॉ. शिंदे को छात्रावस्था में सीखने मिला। इसी कारण वे न्युमोनिया ठीक न होने वाले बच्चे के छाती का एक्स-रे बिल्लोरी कांच से देखते हैं और बच्चे ने निगला हुआ स्क्रू ढूंढ निकालते हैं।

डॉ. शिंदे की अनुसंधान प्रवृत्ति का एक और अविष्कार याने पिछले २० वर्षों से वे इंटरनेट का उपयोग कर रहे हैं। अलवा इसके यह एहसास कि 'अपना निदान गलत भी हो सकता है, जो कि एक वैज्ञानिक में आवश्यक रूप से होना चाहिये। यह पाठ भी उन्हें कॉलेज में ही मिला था। इसीलिए वे पत्नी माधुरी, अन्य विशेषज्ञ डॉक्टर मित्रगण, डॉ. इंगळहळ्ळीकर (वनस्पतिशास्त्र तज्ज्ञ) से विचार-विमर्श करते हुए अनेक कहानियों में दिख जाते हैं। सूचना, निरीक्षण का अभाव दूर होने पर विचारों की दिशा बदलने के लिए जो लचीलापन आवश्यक होता है, वो ही कोई नया मुद्दा पता चलने पर भी आवश्यक लगता है। 'कांपोझ' के हेवी डोस के कारण ठिक न होने वाली धनुर्वात से ग्रस्त स्त्री, उसकी एक रिश्तेदार स्त्री द्वारा डॉक्टर से बात करने पर स्त्रीरोग विशेषज्ञ से जाँच के बाद, सेप्टिक गर्भपात की पायी जाती है और योग्य उपचार से बचाई जा सकती है। अर्धांगवायु से 'सेमिकोमा' में गया मरीज, पहले छह महीने 'सिंदूरभस्म' ले रहा था, ये पता चलने पर लेड पॉइजनिंग का मरीज हो जाता है और योग्य उपचार से बच जाता है। अति मद्यपान से लिवर सिरॉसिस' होकर 'हेपॅटिक कोमा' में गये मरीज को 'रक्तशुद्धि का यंत्र' लगाया है यह अचानक पता चलने पर वो 'डायसल्फीराम इंप्लांट' होना चाहिये यह निष्कर्ष निकालकर, नेट से अद्यतन जानकारी निकालकर डॉ. शिंदे उस इंप्लांट को निकाल देते हैं और मरीज बच जाता है। ऐसी लचीली सोच व व्यवहार के चलते डॉ. शिंदे का 'चिकित्सा प्रॉब्लेम सॉल्विंग' आगे बढ़कर 'क्रिएटिव प्रॉब्लेम सॉल्विंग' बन जाता है।

सामान्य जिज्ञासू पाठक को यह पुस्तक पढकर चिकित्साशास्त्र की और अधिक जानकारी मिलेगी, विद्यार्थियों को चिकित्सा विज्ञान का रोमांच पता चलने

से डॉक्टर बनने की अभिलाषा जागृत होगी, मेडिकल के छात्रों को सहृदयी, सफल व्यावसायिक कैसे बना जाए यह पता चलेगा, डॉक्टर वर्ग के लिए अनुभव का लेन-देन सुलभ होगा और मानसशास्त्र विशेषज्ञों को 'क्रिएटिव प्रॉब्लेम सॉल्विंग' की बानगी मिलेगी।

डॉ. सुरेश शिंदे ने यह पुस्तक मराठी में लिखकर मातृभाषा का ऋण चुकाया है, अत: वे अभिनंदन के पात्र हैं।

डॉ. अशोक निरफराके

लेखक एवं प्रतिभा विकास विशेषज्ञ

मन की बात

'निदान' यह चिकित्सकीय प्रबोधक कहानी संग्रह आप के समक्ष प्रस्तुत करते हुए मुझे बहुत खुशी हो रही है। १९६९ में चिकित्सकीय जीवन आरम्भ होने से आजतक अनेक विशिष्टताओं से परिपूर्ण रुग्ण-घटनाएँ मेरी स्मृति में अंकित हैं। सुप्रसिद्ध लेखक श्री वरटॉन रोश के 'द मेडिकल डिटेक्टिव्ज' नामक पुस्तक से प्रेरणा लेकर मुझे भी लग रहा था कि ऐसी सत्यघटनाएँ कथा-स्वरूप में प्रकाशित कीं जाएं। डिस्कवरी चैनल के 'द न्यू मेडिकल डिटेक्टिव्ज' नामक सिरियल की तरह प्रत्यक्ष रुप से घटित घटनाओं को थोडे से नाट्यमय वर्णन से उद्‌बोधक व मनोरंजक ढ़ंग से आपके समक्ष पेश करने का प्रयास मैंने इन कहानियों के माध्यम से किया है। ऐसा करते समय उस में की चिकित्सकीय भाषा आसानी से पाठक समझ सके इस उद्देश्य से शरीररचना व कार्यशास्त्र की आवश्यक जानकारी यथायोग्य देने का प्रयास किया है।

ऐसी जानकारी देते हुए कहानी अधिक उच्चस्तरीय हो सके और पाठकों के चिकित्सकीय सामान्य ज्ञान में उपयुक्त वृद्धि हो सके ये ही उद्देश्य मन में था। शुरुआत में मेरी ये कहानियाँ मेरे ब्लॉग 'सुश्रुतम' और इंटरनेट पर 'मायबोली' नामक मराठी वेबसाईट पर प्रकाशित की थीं। वहाँ के पाठकों के प्रतिसाद से उत्साहित होकर संकलित किया हुआ मेरा पहला ही कहानी संग्रह आपको पसंद आएगा ऐसी अपेक्षा है। ये कहानियाँ लिखते समय मरीजों के नाम बदले हैं, लेकिन बाकी सारी बातें जैसी घटित हुईं वैसी ही हैं। इन सारे मरीजों का मैं आभारी हूँ। कथालेखन के लिए प्रोत्साहन देनेवाले - सौ. माधुरी शिंदे, मेरे परिवारजन और उसी प्रकार मेरे मित्रवर्य सर्वश्री अनिल देशपांडे, अनिल पिंगळे, रवीन्द्र देसाई, डॉ. अशोक निरफराके और असंख्य 'मायबोली' के वाचक - इन सबका मैं ऋणी हूँ। इस प्रकाशन के लिए आगे आकर किए मार्गदर्शन के लिए 'सकाळ' वृत्तसमूह के श्री महेन्द्र पिसाळ का कृतज्ञतापूर्वक उल्लेख करना आवश्यक होगा।

धन्यवाद

डॉ. सुरेश शिंदे

अनुवादक के मन की बात

हमारी पारिवारिक मित्र, इन्दौर की प्रख्यात रंगकर्मी-बैंक कर्मी, दो पुस्तकों का अनुवाद कर चुकी सौ. रेखा देशपांडे ने एक दिन डॉ. सुरेश शिंदे की पुस्तक 'निदान' पढ़ने के लिए मुझे देते हुए पूछा कि क्या आप इसका हिन्दी अनुवाद कर देंगे। मैने जबाब दिया कि पहले किताब पढ़ लूं, फिर बताता हूँ। उसी रात पढ़ना शुरु किया और उसी रात खत्म कर छोड़ा। डॉ. शिंदे की कलम इतनी अमोघ व धारा प्रवाही है कि अधूरा छोडा ही नहीं जा सकता था। अगली सुबह रेखाजी को सूचित किया कि मैं जरूर अनुवाद करूंगा। उसी दिन काम शुरु भी किया। अब यह अनुवाद पुस्तक रुप में 'सकाळ प्रकाशन', पुणे जैसे बड़े व सम्मान प्राप्त प्रकाशन गृह द्वारा प्रकाशित किया जा रहा है।

डॉ. शिंदे पुणे के बहुत ही वरिष्ठ, सफल व लोकप्रिय चिकित्सक हैं। उनके प्रशंसक इन्दौर में भी हैं, उनमें एक है समाज में सम्मानित जाजू परिवार की बहु, डॉ. शिंदे की परिचित श्रीमती विनिता जाजू, जिनके कारण यह पुस्तक अनुवाद के लिये सौ. रेखा देशपांडे के माध्यम से मुझ तक पहुँची।

पुस्तक की मूल संहिता इतनी उच्च स्तर की है कि इसे पढ़कर मुझे लगा कि इस किताब का न सिर्फ हिन्दी बल्कि अंग्रेजी सहित अन्य भारतीय भाषाओं में भी अनुवाद होना चाहिये। क्यों कि एक यह पुस्तक पढ़ने से आनेवाली डॉक्टरों की पीढ़ीयों को रोगों का सही निदान करने की कला अवगत हो सकेगी, वे सही दिशा में व गैर पारम्परिक तरीकों से विचार करना सीखकर बीमारियों को जड़ से ठिक करना सिखेंगे। यह पुस्तक न केवल डॉक्टरों की कौम के लिए बल्कि सामान्य जनता के लिए भी मार्गदर्शक है। डॉ. शिंदे ने कठिन व क्लिष्ट विषय को आसान भाषा में वर्णित किया है, जिससे उनके चिकित्साशास्त्र पर पकड़ का हमें पता चलता है।

यह अनुवाद शब्दश: या अक्षरश: अनुवाद न होकर लेखक की मूल भावनाओं को बरकरार रखते हुए किया हुआ स्वतंत्र अनुवाद है। डॉ. शिंदे द्वारा बताई गई बातें मैं उसी भाव से आप तक पहुँचाने में सफल हुआ हूँ या नहीं यह तो आप सुधी पाठक ही बताएंगे। मैं डॉ. सुरेश शिंदे, श्रीमती विनिता जाजू एवं सौ. रेखा देशपांडे का आभारी हूँ।

शुभकामनाओं के साथ

दिलीप जोशी

अभिप्राय

अंग्रेजी भाषा के एक सुप्रसिद्ध वचन के अनुसार 'यथार्थ कई बार काल्पनिक वर्णनों की दुनिया से भी बहुत अधिक विस्मयकारी होता है'। इस वचन का अनुभव 'निदान' पुस्तक को पढ़ते समय बार बार आता गया। डॉ. शिंदे जी का स्वभाव ही अध्ययनशील है। अविरत प्रयास करना उनके स्वभाव में है। उनका ज्ञान भांडार असीम है। उनकी वर्णनशैली प्रामाणिक एवं ईमानदार है। इस पुस्तक के द्वारा उन्होंने समाज को कुछ बहुमूल्य मार्गदर्शन भी किया है - वे कहते हैं - तुम्हें कोई शारीरिक पीड़ा होती है तो उसे अनदेखा मत करिए, ऊपर से बिलकुल मामूली लगनेवाली स्वास्थ्य की शिकायत किसी गंभीर व्याधि की शुरुवात हो सकती है। निदान या रोग परीक्षण वैद्यकीय उपचारों की आत्मा होती है । डॉक्टरों पर, उपचार पद्धति पर एवं दवाईयों पर श्रद्धा होना जरूरी होता है।कुछ दशकों के पूर्व असाध्य माने जानेवाले रोग, आज उपलब्ध उपचार पद्धति से ठिक होते हैं, यहीं कारण है कि निम्नलिखित प्रार्थना सफल होने के दिन आ गए हैं -

सर्वे भवन्तु सुखिनः
सर्वे सन्तु निरामया ।

डॉ.ह.वि. सरदेसाई
वरिष्ठ डॉक्टर एवं आरोग्य शिक्षा विषयक मराठी ग्रंथलेखक

पढ़ने के लिए हाथ में लेने के उपरांत उसे नीचे रखनेका मन ही न हो ऐसी कुछ चुनिंदा पुस्तकें होती हैं। मेरे सह-अध्यायी डॉ. सुरेश शिंदे की 'निदान' पुस्तक भी इसी श्रेणी में आती है। किसी भूखे-लालची मनुष्य की तरह मैंने उसे एक ही दिन में पढ़कर समाप्त किया और फिर उसे फुर्सद से फिर एक बार पढ़ लिया।

इनकी लेखनशैली अत्यंत सुबोध, प्रवाहमान, जो घटित हुआ उसका हुब-हु चित्रपाठकों की दृष्टि के सामने उपस्थित करनेवाली, डॉक्टर एवं रुग्णालयों के नाम, वहाँ का परिवेश जैसा कि वैसा पाठकों तक पहुँचाने में डॉ. सुरेश सफल हुए हैं। केवल अनुभव कथन करना इस पुस्तक का उद्देश्य नहीं है। लेखक को सामान्य पाठकों का प्रबोधन भी करना है। अलग-अलग विषबाधा प्रसंगों की, जो जो कथाएँ हैं, उन में से निदान प्रक्रिया बिलकुल ही अलग हुई है।कौन सी बात टालनी चाहिए, किस बात से सावधान रहें, इस प्रकार के संदेश भी इन कथाओं के द्वारा मिलते हैं।

डॉ.लीली जोशी
वरिष्ठ डॉक्टर एवं आरोग्य शिक्षा विषयक मराठी ग्रंथलेखक

अनुक्रम

एक हृदयस्पर्शी स्क्रू

१९६६ के आसपास मैंने एक विज्ञानरंजक सिनेमा देखा था, 'Fantastic Voyage'. चित्रकथा में वैज्ञानिकों ने किसी भी वस्तु को अतिसूक्ष्म करने की क्रिया की तो खोज की लेकिन उसका परिणाम मात्र एक घंटा टिकाऊ था। एक रशियन वैज्ञानिक ने इस परिणाम को अधिक काल तक टिकाऊ और उसे फिर पूर्ववत करने की तकनीक ढूंढी। स्वाभाविक रूप से अमेरिका यह तकनीक जानना चाहता था, वह वैज्ञानिक रशिया छोडकर अमेरिका भागते समय रशियन जासूस उसे पकडलेते हैं और मारपीट में उस वैज्ञानिक के सिर में चोट आकर खून का थक्का जमकर वह बेहोश हो जाता है। उसे होश में लाकर वह 'फॉम्यूला' पाने के लिए अमेरिकन जासूस एक पनडुब्बी तैयार कर के उसमें चार सदस्यों की टीम लेझर गन के साथ भेजना तय करते हैं। दर्शकों के नेत्रसुख हेतु उनमें एक अमरिकन स्त्री - जासूस - मिस रॅक्वेल वेल्च और एक रूसी डबल एजेंट भी! इन सबको पनडुब्बी के साथ 'नेनो' रूपांतरित कर उस वैज्ञानिक की गर्दन से मास्तिष्क - दिमाग की ओर जानेवाली रक्तवाहिनी में इंजेक्ट कर देते हैं। यही शुरू होता है उस वैज्ञानिक के शरीर में उन सबका विस्मयकारी सफर!

साठ मिनट की उलटी गिनती।

ये कथा फिर कभी लिखूंगा।

किंतु आज यहाँ लिखने का कारण है मेरे अनुभव की एक सत्यकथा। एक छोटे से 'स्क्रू' ने मानव शरीर में किया हुआ ऐसा ही एक सफर!

१९८० साल का एक दिन। पुणे के शुक्रवार पेठ के गाडीखाना चेस्ट क्लिनिक में मैं मानद विशेषज्ञ के रूप में हफ्ते में तीन दिन सुबह चार घंटे के लिए जाता था। जाँच व उपचार नि:शुल्क होने से जरूरतमंद मरीजों की भीड़ होती थी। एक दिन मेरे मित्र डॉ ढेरे की चिट्ठी लेकर एक अधेड उम्र की महिला अपने दस वर्षीय बीमार बेटे को लेकर वहाँ आई। संतोष नामक उस बालक को एक सप्ताह से बुखार आ

रहा था। डॉ. ढेरे ने बुखार के लिए हफ्ताभर एम्पीसिलीन नामक उत्तम एँटीबायोटिक का कोर्स दिया था फिर भी बुखार बरकरार था। उसे खाँसी आ रही थी, दीर्घ श्वास के बाद छाती में दर्द हो रहा था, भूख कम लग रही थी, खाँसी के साथ कभी कभी सफेद-पीला कफ भी निकल रहा था।

संतोष के लक्षण देखकर मैंने मन में विचार किया कि इसे छाती में इन्फेक्शन हुआ होगा। जाँच के पश्चात उसके दाहिने फेंफडे से आनेवाली आवाज से उसे 'न्यूमोनिया' हुआ होने की सम्भावना मैंने उसके माताजी के समक्ष व्यक्त की और तत्काल छाती का एक्स-रे निकालने हेतु चिट्ठी बनाकर दी। मेडिकल ऑफिसर डॉ. खळदकर ने तत्काल एक्स-रे निकालकर एक्स-रे दर्शक पटल पर लगाकर दिखाया। मेरा अनुमान ठिक लग रहा था। संतोष को दाहिने फेंकडे के नीचे वाले क्षेत्र में अर्थात लोअर लोब में न्यूमोनिया हुआ था।

ऐसा न्यूमोनिया होने का कारण 'न्यूमोकॉकाय' नामक कृमी-जंतु होते है। इन कृमियों की विशेषता होती है कि इनके बाहरी भाग में चिकना आवरण होता है जिससे अपने शरीर की सफेद रक्त पेशियाँ अर्थात अपनी सैनिक पेशियाँ इन जंतुओं को पकडकर खा नहीं पाती। इसी कारण से ये जंतु जानलेवा बीमारी पैदा करने में सक्षम रहते हैं। कभी कभी फेंफडे से भेजे तक जाकर वहाँ संक्रमण कर 'मेनेन्जाईटीस' रोग पैदा कर सकते हैं। अर्थात ऐसे मरीज गंभीर रूप से बीमार होते हैं।

वैसे संतोष बहुत अधिक गंभीर रूप से बीमार नहीं लग रहा था। दूसरी सम्भावना संतोष को टी.बी. हो सकने की थी। मैं और डॉ. खळदकर संतोष के मामले में ही बात कर रहे थे। उस एक्स-रे का अध्ययन करते हुए मुझे उसमें एक सफेद 'शॅडो' दिखी। बिल्लोरी कांच से देखने पर वह एक 'स्क्रू' है ऐसा दिखाई दिया।

''डॉ. खळदकर, अपने विभाग में पेशंट के कपडे निकाले बिना एक्स-रे लिया गया लगता है क्यों कि पेशंट की - जेब में रखा स्क्रू एक्स-रे में दिख रहा है।'' संतोष की माँ वहीं खडी थी। डॉ. खळदकर ने उनसे ही तत्काल पूछा कि क्या एक्स-रे के समय बेटे के कपडे निकाले थे क्या? ''जी, हाँ सारे कपडे निकालकर ही एक्स-रे लिया गया था।'' संतोष की माताजी होशियार थी। उसने अबतक 'स्क्रू' के बारे में चल रही हमारी चर्चा सुन ली थी।

''डॉक्टर, मेरे बेटे ने एक माह पहले एक 'स्क्रू' निगल लिया था। कहीं वो ही तो 'स्क्रू' नहीं है?''

उसने झिझकते हुए हमारी बातचीत में व्यत्त्यय लाते हुए जानकारी दी। हम दोनों ही एक क्षण विस्मित होकर एक दूसरे को ताकते रहे।

हमारी प्रतिक्रिया देखकर संतोष की माँ ने और अधिक जानकारी दी।

''एक माह पहले मैं और संतोष बस में जा रहे थे। बैठे बैठे मेरी नजर बचाकर संतोष ने सामने की सीट से 'स्क्रू' निकालकर मुँह में पकड़ा था। अचानक लगे बस के ब्रेक से संतोष ने वो 'स्क्रू' निगल लिया। हमने वह निकालने का प्रयास किया। डॉक्टर के पास ले जाने पर उन्होने कहा कि 'स्क्रू' छोटा होने से शौच के रास्ते निकल जायेगा। उसे दो केले खिला दो। इस बात को दो महिने हो गए। हम वो 'स्क्रू' भूल गए थे। किंतु क्या वो ही 'स्क्रू' होगा क्या?

अब हमारी बारी थी आश्चर्यचकीत होने की हमने एक दूसरे की ओर प्रश्नार्थक नजर से देखा। निश्चित ही वहीं 'स्क्रू' था। अन्ननलिका में से पेट में जाने की बजाए वो श्वासनलिका के रास्ते फेंफडे में जा बैठा और धीरे-धीरे संक्रमण पैदा कर अपने अस्तित्व का एहसास करा रहा था।

''आपका अनुमान एकदम सही है, आपके बेटे ने निगला हुआ 'स्क्रू' छाती में है जिसका कारण उसे 'न्यूमोनिया' हुआ है। 'स्क्रू' निकाले बिना संतोष ठीक नहीं होगा।''

बेचारी माताजी, एकदम गंभीर हो गई।

''देखिए, चिंता की बात नहीं है। उसकी छाती में नली डालकर दूरबीन की सहायता से 'स्क्रू' निकालना पडेगा। उसे 'ब्रॉन्कोस्कोपी' कहते हैं।

आजकल 'ब्रान्कोस्कोपी' बहुत ही आसान और कम वेदनादायक है। ''फायबर ऑप्टीक'' नामक कांचतंतु की खोज के कारण ऐसी लचीली दूर्बीन से फेकडों का इलाज अब आसान हो गया है। कोई भी दाना, असली या नकली दांत जो गलती से फेकडे में फंस जाता है, निकालना इस दूरबीन पद्धति से आसान हो गया है। अंदर यदि कँन्सर की गाँठ भी हो तो जाँच के लिये उसका टुकडा भी निकाल सकते हैं। उस समय के दौरान छोटी बाँसुरी समान धातू की नली-डालकर ऐसी 'फॉरेन बॉड़ीज' निकाली जाती थी।

अब तक संतोष के पिताजी वहाँ आ चुके थे। उनसे चर्चा पश्चात् मेरे मित्र नाक-कान-गला विशेषज्ञ डॉ. प्रकाश जोगळेकर से 'ब्राँकोस्कोपी' कर वो स्क्रू निकालना तय हुआ।

दूसरे दिन उनके हॉस्पिटल में डॉ. जोगळेकर ने 'ब्राँकोस्कोपी' की। किंतु दुर्भाग्य से संतोष उसे सहन नहीं कर पाया और उसकी हृदयगति मंद होने लगी। डॉ. जोगळेकर तुरंत उसे उठाकर अपनी स्वयं की गाडी में रखकर तेजी से जहांगीर हॉस्पिटल में ले गए और भर्ती किया। तबतक डॉ. जोगळेकर की पत्नी ने छातीरोग

विशेषज्ञ डॉ. अमीन से सम्पर्क कर बुला लिया। हम वहाँ पहुँचने के पूर्व ही डॉ. अमीन तैयार थे। 'वेन्चूरी' नामक पद्धति से 'ब्राँकोस्कोपी' करते हुए प्राणवायु देकर उन्होने संतोष की ब्राँकोस्कोपी की। किंतु अंदर श्वासनलिका में 'स्क्रू' नहीं दिख रहा था। शायद वो 'स्क्रू' अन्ननलिका में चला जाने की सम्भावना देखते हुए उन्होने वो स्कोप अन्ननलिका में डालकर देखा। किंतु 'स्क्रू' कहीं नजर नहीं आ रहा था। अब सारा वातावरण चिंताजनक हो गया। फिर से एक्स-रे लेने पर 'स्क्रू' उसी स्थान पर दिखने के कारण उसे कैसे निकाला जाए इस पर चर्चा शुरू हुई।

संभवत: वो 'स्क्रू' 'मायग्रेट' होकर चलते-चलते छाती के खोखले भाग में चला गया था। हमने ऑपरेशन थिएटर से बाहर आकर संतोष के माँ-बाप को स्थिति से अवगत कराया। अब संतोष को बचाने के लिए छाती-खोलकर बड़ी शल्यक्रिया कर वो 'स्क्रू' निकालना पडेगा ऐसा बताया। दोनो को ही गहरा सद्मा लगा।

''डॉक्टर, ये मेरा इकलौता लड़का है, कुछ भी कर इसे बचा लो। मैं कोई धनवान नहीं हूँ, लेकिन पैसे की फिक्र किए बिना सर्वोत्तम डॉक्टर को ऑपरेशन के लिए बुलाओ।''

उनकी आवाज और आँसू देखकर हम सब हिल गए।

पुणे के हृदय व फेफडों की शल्यक्रिया के विशेषज्ञ डॉ. अशोक कानिटकर को बुलाना तय हुआ। अगले एक घंटे में संतोष फिर से शल्यक्रिया हेतु तैयार था। उसके पिताजी व रिश्तेदार ने दो युनिट रक्त स्वयं देकर तैयार रखा था।

डॉ. कानिटकर ने संतोष की दो पसलियों के बीच कट देकर अंदर की स्थिति का अंदाज लेकर हमेशा की तरह हमें बता रहे थे। अन्दर फेफडों के लोअर लोब में सर्वत्र पस हो गया था। सक्शन मशिन और स्पंज के माध्यम से उसे साफ करने पर भी- 'स्क्रू' लापता था। एक्स-रे देखकर उनकी ऊंगलियाँ संतोष की छाती के अंदर 'स्क्रू' ढूंढ रही थीं और हम सब सर के चेहरे के भाव देख रहे थे। सर के चेहरे पर स्मित मुस्कान से हमें 'स्क्रू' मिलने की पूर्वकल्पना आई।

''अरे प्रकाश 'स्क्रू' तक मेरा हाथ तो लग रहा है, लेकिन वो 'डीप' है शायद 'पेरिकार्डियल कॅव्हीटी' में होना सम्भव है।

अपना हृदय-दिल 'पेरिकार्डियम' नामक आवरण में ढँका रहता है। वो 'स्क्रू' श्वासनलिका से बाहर आकर फेफडों में से जाकर 'मेडियास्टायनम' नामक जगह से होकर हृदय तक जाकर हृदय के पास का आवरण भेदकर हृदय के पास जाकर बैठ गया था। डॉ. कानिटकर एक होनहार हृदय शल्यक्रिया विशेषज्ञ होने से उनके लिये ये 'स्क्रू' निकालना कतई कठीन नहीं था। किंतु ऐसा करते हुए हृदय गति

अनियमित या बन्द होना या रक्तस्राव होने की सम्भावना थी। अब हमारी नजरें हृदयक्रिया - गति दिखानेवाले मॉनिटर पर थी। डॉ. जोगळेकर तो संतोष की नब्ज पकड़कर ही खडे थे। किंतु सौभाग्य से कोई भी दुखद घटना घटित नहीं हुई और होकर अगले कुछ ही मिनिटों में डॉ. कानिटकर ने वो छोटासा 'स्क्रू' सिस्टर ने आगे बढाएं स्टील के किडनी ट्रे में डालने की आवाज हमने अधीर कानों से सुनी और 'जान में जान आना' की एक अलग ही अनुभूति हमें हुई।

उसके बीस वर्षों बाद ...

छह फीट ऊँचा हट्टा-कट्टा व्यक्ति एक पेशंट को लेकर मेरे क्लिनिक में आया। तुरंत झुककर पैर छूकर प्रणाम करते हुए बोला, ''सर, आप शायद मुझे भूल गए होंगे, लेकिन मैं ही हूँ वो 'स्क्रू' निगलने वाला संतोष शर्मा।''

❖❖❖

दवाई : हमेशा ही तारक... लेकिन कभी कभी मारक भी

रात्री के दस बजे का समय। दिनभर में देखे हुए और याद रहे मरीजों का विचार करते करते मैं लेटा ही था कि मोबाईल की घंटी बजी। नंबर देखा। +१ याने अमेरिका से आया होने के कारण झट से स्लाईट कर कान को लगाया और जवाब में बोला 'हॅलो, मैं डॉक्टर शिंदे बोल रहा हूँ!'

''अरे, मैं सूर्यकांत शाह बोल रहा हूँ, मोटू शाह! पहचाना क्या? मोटू शाह मेरे ही साथ एम.बी.बी.एस. कर के अमरिका चल गया था और बाद में न्यूरॉलाजी पढ़कर वहाँ ही बस गया था।

''अरे दोस्त, तुझे कैसे भूल सकता हूँ? बोल, कैसे याद किया?''

''तेरी प्रॅक्टीस जोरों पर है लगता है! इस माह के 'अमरिकन जर्नल ऑफ न्यूरोरेडियोलॉजी' में तेरा आलेख पढ़ा! व्हेरी इम्प्रेसिव! इस जर्नल में आलेख स्वीकार होना आसान नहीं है। इट्स क्रेडिटेबल! बधाई! तेरा अभिनंदन करने के लिये खास तेरा नम्बर सर्च कर फोन किया है!''

पुरानी यादें निकलने से काफी देर तक फोन चलता रहा। पेशंट अनिल ताकवाले और बाद की घटनाएँ फिर तरोताजा हुई।

''सर, मैं श्रीमती सुषमा ताकवाले। मेरे पति खडकवासला में काम करतें है। पिछले एक साल से वे बीमार ही है। एक साल पहले उनके बाएँ शरीर को अर्धांगवायु होने के कारण, रुबी हॉस्पिटल में रखा था। कुछही दिनों में वे ठीक होकर घर आ गए। उसके बाद छह महिने काम पर भी जाते रहे। किन्तु धीरे धीरे उनकी हालत बिगडती जा रही है। पहले तो वे जल्दी जल्दी चल नहीं पा रहे थे, यूरीन करते समय तकलीफ होने लगी। जल्दी होती नहीं थी। धीरे धीरे बर्ताव में भी फर्क होने लगा। असम्बद्ध बोलने लगे। इसीलिये डॉक्टर की सलाह से उन्हें

हॉस्पिटल में रखा है। लेकिन दिन प्रतिदिन उनकी हालत खराब ही होती जा रही है। अब तो वे किसी को पहचान भी नहीं पा रहे हैं। अध-बेहोशी में हैं जैसे हैं। कुछ समझ नहीं पा रही हूँ। मैं तो पूरी तरह टूट चुकी हूँ!''

वैसे ताकवाले मॅडम हिम्मतवाली लग रही थी। रुमाल से आँसू पोछते हुए बोली, ''आपके एक पेशंट से जानकारी मिलने पर बडी उम्मीद से आप के पास आई हूँ।''

''अभी अपन पेशंट कहाँ है?''

''उन्हें एक आयुर्वेदिक हॉस्पिटल में भर्ती किया है। उनकी पद्धति से उपचार चल रहा है, लेकिन...''ताकवाले मॅडम रुक गई।

'' मैं उस हॉस्पिटल में आकर उन्हें देख नहीं पाऊंगा। आप उन्हें रुबी हॉस्पिटल में भर्ती करें तो मैं उनका इलाज शुरु कर पाऊंगा!

''हमें कोई आपत्ति नहीं है। हम उन्हें आज ही रुबी में भर्ती करवा देते हैं। वैसे आप रुबी के लिये पत्र देंगे तो ठीक होगा।''

उसी रात उन्हें रुबी हास्पिटल में भर्ती किया गया। दूसरें दिन सुबह मैंने उनकी जाँच की। अनिल ताकवाले थोडा सा मोटा और लगभग चालीस साल का था। हॉस्पिटल की छत की ओर नजर गडाकर चुपचाप लेटा था। मैंने आवाज लगाई, लेकिन उसका प्रतिसाद 'शून्य'। कंधे हिलाकर देखा, फिर भी कुछ नहीं। अनिल किसी अलग ही दुनिया में गुम हो गया था।

''ये कुछ बोलते ही नहीं, रात-दिन ऐसे ही पडे रहते है।'' श्रीमती ताकवाले!

अगले दस मिनट तक मैं उसकी जाँच कर रहा था। अनिल का मस्तिष्क कोई प्रतिसाद नहीं दे रहा था। बाकी क्रियाएँ भी मंदगति से चल रही थी। जैसे इस दुनिया से उसका सम्पर्क टूट ही गया हो। जैसे गॅस चुल्हे की गॅस आपूर्ति एकदम कम करने पर मंद ज्योति चालू हो, वैसे ही अनिल का मस्तिष्क 'स्लो' हो गया था। वो सेमीकोमा में गया था। पैरों के पंजों पर थोडीसी सूजन थी और रक्त की कमी से त्वचा सफेद दिख रही थी। बीपी नॉर्मल था। मधुमेह नहीं था। ईसीजी और छाती का एक्स-रे नॉर्मल था।

श्रीमती ताकवाले मेरी गतिविधियों को समीप खडे होकर निहार रही थी। उन्हें बिना डराए गंभीर परिस्थिति से अवगत कराने कार्य मुझे ही करना था। अर्थात ये हमेशा का ही काम था। मैंने उनसे कहा,

''देखिए, इनका मस्तिष्क बहुत कम काम कर रहा है। पहले जो तकलीफ हुई थी वैसी ही सम्भावना है। अपना पेशंट अर्धबेहोशी में है। अपना मस्तिष्क जागृत रहने के लिए 'रेक्टीक्यूलर ॲक्टीव्हेटींग सिस्टम' जिम्मेदार रहती है। इस सिस्टम को रक्त की कम आपूर्ति से ऐसी स्थिति संभव है। आजही इनके मस्तिष्क का

एमआरआई स्कॅन और एमआर एँजियोग्राफी करवा लेते हैं, फिर काफी कुछ स्पष्ट होगा। तब तक रक्त परीक्षण की रिपोर्ट भी आ जाएगी। योग्य उपचार शुरु कर दिया है। चिंता न करें। अलावा इसके, मेरे सीनियर और अनुभवी न्यूरोफिजिशियन डॉ. वाडिया को भी अपना पेशंट देखने के लिए बुलाया है। इससे मेरी जिम्मेदारी और आपकी चिंता निश्चित ही कम होगी।''

''डॉक्टर मेरा आप पर पूर्ण विश्वास है।'' ऐसा कहकर श्रीमती ताकवाले ने मेरे कंधों का बोझ और बढ़ा दिया। डॉक्टर याने 'भगवान नहीं' ये एहसास कराने का यह उचित समय नहीं था। मै वॉर्ड के डॉक्टरों की उपचारों के संदर्भ में आवश्यक सूचनाएँ देकर अगले पेशंट देखने के लिए निकल गया।

अपेक्षानुरूप डॉ. वाडिया का शाम को फोन आया।

''शिंदे, युवर पेशंट इज व्हेरी इंटरेस्टिंग! उसका एमआरआय तो और ही इंटरेस्टिंग! मेटाबॉलिक एनसेफ्लोंपथी जैसा दिखता है। उसके सब ब्लड रिपोर्टस तो नॉर्मल हैं, साला गॉड नोज व्हॉट ही इज हॅविंग!'' डॉ. वाडिया टिपिकल पारसी टोन में बोल रहे थे। ''थँक्स फॉर इनव्हॉल्विंग मी इन हीज केयर! विल फॉलो एण्ड कीप इन टच!''

डॉक्टर वाडिया अत्यंत मितभाषी। रक्तचूसू जोंक जैसे ज्ञानपिपासू डॉक्टर!

उस रात सोते समय आँखों के सामने से अनिल का चेहरा हट ही नहीं रहा था।

दूसरे दिन अनिल के कमरे में जाने से पहले उसके रिपोर्टस् का अध्ययन किया। रक्त में हिमोग्लोबिन की मात्रा कम थी। यूरीन में कुछ प्रोटिन दिख रहे थे। किडनी अपना काम ठीक से कर रही थी। एमआरआय में पूरा 'भेजा' सफेद दिख रहा था। हमेशा दिखनेवाला सफेद और ग्रे रंग का विभाजन अदृश्य हो गया था। ऐसा बदलाव कभी कभार ही दिखता है। रेडीयोलॉजिस्ट भी रिपोर्ट देते समय उलझन में पड गए थे। किताबें व नेट पर देखकर अतिरिक्त रिपोर्ट देनेवाले थे। ऐसा होने का क्या कारण हो सकता है ये सोचते सोचते मैं अनिल के कमरे में गया। उसकी स्थिति में लेशमात्र सुधार नहीं था। मैं पेशंट के पास कुर्सी खिंचकर बैठ ही गया।

''देखिए, मैंने और डॉ. वाडिया ने पेशंट के सारे रिपोर्टस देख लिए हैं और सच कहूँ तो हम भी कुछ समझ नहीं पा रहे हैं कि तकलीफ का क्या कारण है। ये देखना पडेगा कि इनके मास्तिष्क (भेजा) पर केमिकल्स का तो कोई दुष्परिणाम नहीं हुआ है। इन्हें किन्हीं विषाणुओं का भी संक्रमण होने की संभावना से इन्कार नहीं किया जा सकता। इसलिए आज उनकी पीठ से पानी निकालकर जाँच करेंगे और वह सॅम्पल राष्ट्रीय विषाणु प्रयोगशाला में भी जाँच के लिए भेजेंगे। ये भी देखना पडेगा कि इनके

कार्यस्थल पर प्रदूषण तो नहीं होगा ना? मुझे और थोडी जानकारी चाहिए। इन्हें पिछले छह माह में कौन-कौन सी दवाईयाँ दी गईं और अभी कौनसी दी जा रही हैं, ये बताइए।

श्रीमती ताकवाले ने तुरन्त वर्तमान चालू दवाईयाँ दिखाई। वे सामान्य विटामीन जैसी थी।

''इनके अलावा में उन्हें कुछ आयुर्वेदिक व देशी दवाईयाँ देती थी।'' ऐसा कहकर उन्होंने एक जीर्णशिर्ण कागज बढ़ाया।

''पिछले साल इन्हें लकवे की तकलीफ हुई उस के बाद वैद्य के कहने से 'महायोगराज गुग्गल' की आठ गोलियाँ रोज दे रही थी। अलावा शहद के साथ सिंदूर भस्म भी देते थे।'' ऐसा कहकर उन्होने अपनी पर्स से एक छोटी डिब्बी निकालकर मुझे दी। उस डिब्बी में महिलाएँ माथेपर लगाती हैं उस रंग का पावडर दिख रहा था।

''सर, सिंदूर याने मराठी का शेंदूर तो नहीं? शेंदूर याने लेड ऑक्साईड - रसायन शास्त्र - कक्षा आठ।''

''ओ गॉड! युरेका! अनिल पिछले आठ दस माह से लेड खा रहा था। नो वंडर, ही हॅज लेड एनसेफ्लोपथी!'' मैं करीब करीब चिल्लाया।

मेरी खोज देखकर डॉ. वाडिया भी सन्न रह गए।

''युवर, हायपोथिसिस लुक्स अॅट्रॅक्वि बटा हाऊ टू प्रूव?'' सर बोले।

लेड पॉयजनिंग सिध्द किये बिना उसका इलाज कैसे करेंगे?

दिनभर मैं सोचता रहा। उस समय पुणे की कोई भी लेबोरेटरी रक्त में लेड लेवल की जाँच नहीं करती थी। नेट पर ढूंढने पर पता चला कि बेंगलोर के डॉ. टी. व्यंकटेश नेशनल सेंटर फॉर लेड पॉयजनिंग में ये जाँच करते हैं। उनसे तुरन्त सम्पर्क कर अनिल के खून का नमूना उसी दिन बेंगलोर रवाना किया।

दो दिन अनिल का रुटिन उपचार चल रहा था लेकिन 'जैसे थे' वाली ही स्थिति थी।

वो दिन मैं भूल नहीं सकता। मेरे फोन की घंटी बजी, ''मैं बेंगलोर से डॉ. वेंकटेश बोल रहा हूँ। आपका पेशंट जिंदा है?''

''हाँ, क्यो?

''अरे, उसका लेड लेवल १५४ माइक्रोग्राम है। नॉर्मल पांच से कम होता है। इतना लेवल मैं पहली बार ही देख रहा हूँ। नेव्हर रिपोर्टेड बिफोर इन आवर लैब! मैं लेखी रिपोर्ट डाक से भेज रहा हूँ। पेशंट को क्या हुआ है?

मैने उन्हें पेशंट का इतिहास बताया। उन्होंने कहा, वो दोनों दवाईयाँ हमारे पास भेजिये। हम उनका अध्ययन करना पसंद करेंगे। फ्री! एक उत्सुकता के नाते!''

"अवश्य! अवश्य भेजेंगे! धन्यवाद!

" हमे इस पेशंट का फॉलोअप सूचित करते रहिये। वी आर इंटरेस्टेड!"

अब सवाल था अगले ट्रिटमेंट का। इस तरह का यह पहला ही मामला था। लेड ये हेवी मेटल है। एक बार वो शरीर में जाने पर शरीर उसे बाहर नहीं निकाल सकता। ये धातू मस्तिष्क व हड्डियों में चिपक जाता है और शरीर क्रिया में व्यवधान लाता है। अध्ययन पश्चात BAL नामक दवा का प्रयोग करना निश्चित किया। दूसरे महायुद्ध में लेडयुक्त बुलेटस शरीर में जाकर जो विषबाधा होती थी उसके इलाज के लिये इस दवा की खोज हुई थी। ये दवा शरीर में अटका लेड धातू खींचकर यूरीन के रास्ते बाहर कर देती है। श्रीमती ताकवाले ने पता किया कि BAL इंजेक्शन पुणे की ही एक कंपनी 'लेड क्लियर' के नाम से तैयार करती है। वे ले भी आई। रोज चार इंजेक्शन लगातार पाँच दिन तक देना तय हुआ। उसी दिन पहला डोस दिया गया। दूसरे ही दिन अनिल व्यक्तियों को पहचानने लगा। चार दिन में तो कमरे में चलने-फिरने लगा। एक हफ्तेबाद ब्रेन का एमआरआई अपेक्षानुरूप नॉर्मल आया। 'हाथ' का कंगन आरसी में दिख रहा था।

आजतक अनिल एकदम तंदुरुस्त है। डॉ. वेकटेश ने उन गोलियों में और भस्म में लेड की मात्रा भरपूर होने की रिपोर्ट दी।

ये केस और उसके एमआरआई की इमेजेस शुरू में जिक्र किए अमेरिकन 'न्यूरोरेडियोलॉजी जर्नल' में प्रकाशित होने से किये हुए प्रयासों की सार्थकता महसूस हुई। अनिल के इस केस की मेरे मित्रवर्ग में खूब चर्चा हुई। आयुर्वेदिक दवाईयों के 'साईड इफेक्ट्स' नहीं होते ये धारणा आमतौर पर होने से ये केस मैंने हमारे फिजिशियन एसोसिएशन की मासिक सभा में प्रदर्शित करना तय किया। आश्चर्य की बात ये कि मेरे तीन फिजिशियन मित्रों ने भी उनके अनुभव और केसेस प्रदर्शित करना तय किया।

❖❖❖

इस लेख का उद्देश्य आयुर्वेदिक दवाइयों पर टिप्पणी करना या निंदा करना या अपप्रचार करना बिल्कुल नहीं है। आयुर्वेद शास्त्र के प्रति मेरे मन में आदर है। कुछ कंपनियों की दवाओं के जानकारी पत्रक में हेवी मेटल कंटेंट न होने का क्रोमँटोग्राफ छपा हुआ मैने देखा है। सभी दवा उत्पादको की ऐसी ही दृष्टि हो, ये उद्देश्य जरूर है।

अंत में 'देह भगवान का मंदिर!' ये एहसास सभी को रखना भी आवश्यक है।

एडम, इव्ह और सेंवफल

''डॉक्टर, पिछले छह दिन से मैं बीमार हूँ।

ये लगभग बीस साल पूर्व के एक सोमवार की घटना है। नाना देशमुख मेरे सामने बैठकर उसके तबीयत के बारे में मुझे बता रहा था। नाना एक आकर्षक व्यक्तित्व! उम्र के चालीस पूरे किए लम्बे और हट्टे-कट्टे नाना को अत्युत्तम वस्त्राभूषणों का शौक था। उसके क्लिनिक में आने से ही वो सबका ध्यान आकर्षित करता था। जवानी में ही नाना ने अपना उद्योग-व्यवसाय अंतरराष्ट्रीय स्तर तक बढ़ाया था। लगातार विदेश भ्रमण के कारण बहुत अल्प समय वो घरवालों के हिस्से में आता था। नाना का परिवार मेरे पेशंट और निकटतम मित्र भी थे। नाना की माताजी प्रसिद्ध लेखिका और स्त्री-सुधारक थी।

''नाना, क्या हो रहा है? मुझे तो आप तंदुरुस्त दिख रहे हो!

''सर, सच है। मैं वैसे तो बीमार पडता नहीं हूँ और बीमार होना मैं एफोर्ड भी नहीं कर सकता। कभी गलती से बुखार आ भी जाए तो दो दिन में फिर से काम पर लग जाता हूँ। लेकिन इस बार जरा ज्यादा गडबड है। रोज ठंड लगकर बुखार आता है और जबरदस्त बदनदर्द है। दूसरे, यूरीन के समय भयंकर जलन होती है। दो-तीन दिन क्रोसिन लेकर काम किया। लेकिन अब सहन नहीं हो रहा है। माँ साहब ने कल ही फर्मान निकाला आपके यहाँ जाने का। इसलिए आया हूँ। फटाफट दवाई दो और ठिक कर दो। बहुत काम रुके हैं!''

बुखार जैसे हमारे शरीर का मित्र हो! बुखार याने जैसे शरीर में जंतुरुपी चोर घुसने का अलार्म ही हो। शरीर को किसी जंतु का संसर्ग होने पर बुखार आता है। शरीर का तापमान बढ़ने पर यूरीन भी गर्म हो जाती है।

लेकिन इतनी अधिक मात्रा में यूरीन में जलन याने मूत्रमार्ग में संक्रमण की सूचना तो नहीं थी? हम डॉक्टरों की हार्डडिस्क तुरंत घुमने लगती है। जब बुखार आता है तो शरीर में उसका कहीं न कहीं ठिकाना रहता है, सोर्स या पोर्टल ऑफ

एन्ट्री होता है। हम पेशंट से प्रश्न पूछकर और जाँच कर उस बुखार का ठिकाना ढूंढते है और इसी को हम 'निदान' करना कहते हैं। नाना के बताए अनुसार उसे मूत्रमार्ग में 'संक्रमण' या 'इन्फेशन' होने का मेरा प्राथमिक अंदाज था। वैसे युरीन इन्फेक्शन ये स्त्रियों में अधिक पाया जाता है क्यों कि उनका मूत्र मार्ग लम्बाई में बिलकुल छोटा होता है जिसमें जंतु आसानी से प्रवेश कर जाते है। अपने मूत्रमार्ग में ग्लोबेट सेल नामक विशिष्ट पेशी रहती है जो एस-आईजीए नामक अँटी बॉडीज तैयार करती है जो जंतुओं को मूत्रमार्ग भेदकर प्रवेश के पूर्व ही नष्ट कर देती है। इसलिए पुरुषों में संक्रमण पैदा करने के लिये ज्यादा ताकतवर जंतु होना आवश्यक होता है। जिसे मधुमेह न हो ऐसे व्यक्ति में ऐसा संक्रमण विवाहबाह्य या असुरक्षित लैंगिक सम्बन्ध के चलते ही सम्भव होता है। लेकिन नाना को ऐसा नाजूक सवाल करने के पहले यूरीन इन्फेक्शन का निदान निश्चित करना आवश्यक था।

''देखो, केवल शारीरिक जाँच से तुम्हारे बुखार का निदान नहीं हो पाएगा। हमें कुछ जाँचें करवानी होंगी।''

नाना की यूरीन जाँच के लिए ली गई।

''सर, मैं मिस्टर देशमुख की यूरीन रिपोर्ट रख रही हूँ।'' स्टाफ!

मैंने अधीरता से वो रिपोर्ट देखी और नजर दौड़ाई।

''तुम्हारी रिपोर्ट के अनुसार तुम्हें जबरदस्त युरीन इन्फेक्शन है। सामान्यत: यूरीन में चार-पांच 'पस सेल्स' होती है, लेकिन यहाँ तो १०० से अधिक है। यही तुम्हारे बुखार का कारण है।''

नानाने आँखें ऊपर उठाकर मेरी ओर देखकर गर्दन हिलाई।

''नाना, बुरा न मानो तो एक निहायत नीजि प्रश्न पूछ रहा हूँ!''

नाना कुर्सी में थोडा सम्हलकर बैठा।

''डॉक्टर साहब, मुझे लज्जित न करें। बिल्कुल पूछिए!''

''ऐसा इन्फेक्शन होने के कई कारण हो सकते हैं, लेकिन असुरक्षित बाहरी सम्बन्ध एक महत्त्वपूर्ण कारण है।'' इतना कहकर मैं नाना की प्रतिक्रिया देखने रुक गया।

नाना के चेहरे के भाव तेजी से बदले हुए दिख रहे थे। वो जरा घबराया सा लगा।

''मैं समझ सकता हूँ। मुझे केवल हाँ या ना में जबाब दिया तो भी चलेगा। और हाँ, ये चर्चा सौ प्रतिशत हम दोनों के बीच ही रहेगी। जवाब आप दे ही यह जरूरी नहीं'' नाना को जवाब देने के लिए कुछ अवसर मिले इसलिए मैं बात कर रहा था।

"नहीं सर आपका पूछना कतई गलत नहीं है। आप कह रहे हैं ऐसी घटना लगभग १५ दिन पूर्व सिंगापूर में एक बिझनेस पार्टी के बाद घटी थी। लेकिन वो सब बिल्कुल प्रोफेशनल याने "हाई प्रोफाईल" था। गर्दन नीचे झुकाए नाना बोल रहा था, "लेकिन सर क्या आपको पक्का विश्वास है कि ये ही कारण होगा?"

मैंने केवल सहमतिदर्शक गर्दन हिलाई।

नाना अब जबरदस्त रूप से हिल गया था। चेहरे पर चिंता स्पष्ट दिख रही थी। काफी देर के बाद हिम्मत बटोरकर वो फिर से बोलने लगा, "ये सब उन मित्रों के कारण ही हुआ है। मुझे उनपर विश्वास ही नहीं करना था। हो गया वो हो गया। अब आगे क्या? मैं ठिक होऊंगा ना? क्या बीमारी है ये? ये एच.आय.व्ही. तो नहीं है?...

वो आगे बोल नहीं पा रहा था। माथे पर पसीना और आँखों में आँसू थे। उसे हिम्मत दिलाने की आवश्यकता थी। अचानक मैं कुर्सी से उठकर नाना के पास जाकर उसके कंधे पर हाथ रखकर समझाने लगा, "नाना, ड़रो मत, गलतियाँ सब से होती हैं। तुम कोई पहले व्यक्ति नहीं हो ऐसी गलती करनेवाले। वैसे तुम भाग्यशाली हो कि आज सभी प्रकार के यौन सम्बन्ध रोगों पर दवाईयाँ उपलब्ध हैं, एच.आय.व्ही. पर भी। सो चियर अप। अब तुम्हारा उपचार शुरू करते हैं। तुम जल्द ही ठीक हो जाओगे। तुम्हारे बीमारी का सटीक निदान करने के लिए हमें कुछ और टेस्ट करवाने होंगे। मुझे तो चिंता का कोई कारण नजर नहीं आ रहा है। बी अ ब्रेव्ह मॅन!"

"सर, मुझे बहुत ड़र लग रहा है, मेरे घर पता चला तो?"

"ये देखो, स्वयं को दोष मत दो। ये बात हम दोनों के बीच ही रहेगी। मेरी निगाह में ये दोनो बातें 'ट्रेड़ सिक्रेटस' हैं और इसका पालन करना मेरे लिए कानूनी रूप से बन्धनकारक है।"

"सर, एक और गुजारिश है, इस बीमारी के बारे में मुझे और अधिक जानकारी देंगे तो ठिक होगा, मुझे हिम्मत मिलेगी।"

"देखो, पहली बीमारी गनोर्हिया है। मराठी में उसे 'परमा' कहते हैं।

ये किटाणू पूरे मूत्रमार्ग में अंतर्स्तर तक सूजन पैदा करते है और 'पस' तैयार करते हैं। यूरीन के रास्ते भरपूर पस निकलता है। पेनिसिलिन नामक दवा से ये ठीक होता है। दूसरी बीमारी होती है सिफिलिस या गरमी। यदि कठीन और योग्य उपचार न किया जाए तो ये गुप्त रूप से अनेक वर्षों तक शरीर में रहता है। इसीलिए उसे 'गुप्त रोग' कहते हैं। लेकिन ये भी पेनिसिलिन से पूर्ण रूप से ठीक हो सकता है।

इस बीमारी का उसकी गुप्त अवस्था में VDRL नामक जाँच से पता किया जा सकता है। इसीलिए ये जाँच नौकरी लगते समय या बीमा करने के पूर्व या अनेक देशों में प्रवेश के पूर्व करवाना आवश्यक होता है। तीसरी और थोडी गंभीर बीमारी याने एचआयव्ही या एडस्। गंभीर इसलिए कि ये दवाओं के सहारे नियंत्रित तो होती है लेकिन ठीक नहीं होती। जिंदगीभर दवाएँ लेना पडती है। शायद भविष्य में कोई रामबाण इलाज की खोज होगी।

इतनी देर मेरी बातें ध्यान से सुननेवाले नानाने गहरी साँस ली और मेरा हाथ पकड़कर बोला, "मुझ से गलती जरूर हो गई है, लेकिन प्लीज मुझे इस संकट से बाहर निकालिए।"

"मैं सारी जाँचों की व्यवस्था करता हूँ, तुम हिम्मत रखो, विश्वास रखो, गॉड इज व्हेरी काईंड!"

अपेक्षानुरूप नाना दो दिन में ठीक होकर काम करने लगा। आगे सारी जाँचें निगेटिव आई। वो ही जाने वे छह महिने उसने कैसे बिताएं! मेडिकल कॉलेज के डॉ. रानडे नामक गुप्तरोग विशेषज्ञ शिक्षक जो गोरे चिट्टे थे मुँह में हमेशा पान का वीडा रखे हुए, बहुत शरारती विनोद करनेवाले और इसी लिए छात्र प्रिय बने हुए। हमेशा जो बोलते थे उसकी याद आई। " सिंगापुर गए, परमानंद हुआ, पुणे आए, आनंद गया, 'परमा' शेष रह गया।"

एक डॉक्टर के जीवन में नाना जैसे अनेक पेशंट आते हैं। सदाशिव सातपुते भी ऐसा ही एक मजेदार पेशंट। पचास की उम्र, मोटा और नाटा सातपुते किसी कॉलेज में अर्थशास्त्र पढ़ाता था। पहली बार ही मेरे क्लिनिक में एक मोटी फाईल उठाए आया। उस फाईल में ढेरों मेडिकल रिपोर्टस, डॉक्टरों की पर्चियाँ, एक्स-रे और अखबारों की कातरनें। आजकल के पेशंट गुगल पर निकाले हुए प्रिंटस् का गठ्ठर लेकर आते हैं कुछ उसी प्रकार का। मैं उनके ये सारे रिपोर्ट मन:पूर्वक देखूं यहीं उनकी छोटी सी अपेक्षा होती है - विशेष रूप से सीसीटीव्ही के पर्देपर बाहर वेटिंग हॉल की भीड देखते हुए यदि ऐसे गाडी भर के देर सारे रिपोर्टस लेकर यदि कोई पेशंट आता है तो प्राण मुँह तक आ जाते हैं।

सातपुते एक 'पहुँचा हुआ' पेशंट था। उसके रिपोर्टस के अनुसार वह हाय ब्लडप्रेशर, मधुमेह, स्थूलत्व (Obesity) ह्याटस हर्निया जैसी बीमारिओं से ग्रस्त था। कालांतर से सभी अन्य डॉक्टरों को बायपास कर मेरा नियमित पेशंट बन गया था। उसे पढने का शौक था और धीरे धीरे निसर्गोपचार में रूची पैदा हो गई थी। कुछ ही वर्षों में उसने कहीं से नेचरोपथी के डॉक्टर की डिग्री भी कबाड़ ली थी।

तो श्री से डॉ. तक की यात्रा किए सातपुते एकबार कहने लगे, 'सर, एक गुजारिश है!''

''मैं इस चिकित्सा क्षेत्र में नया हूँ। आपके किसी पेशंट को निसर्गोपचार की आवश्यकता हो तो मेरे पास भेजें। मैं उनसे फीस नहीं लूँगा। मदर नेचर का प्रचार-प्रसार करना मेरा उद्देश्य है।''

आदिवासी क्षेत्र के थोडे से शिक्षित किंतु उनका पारम्परिक परिधान पहने एक व्यक्ति मुझे याद आए। मेरे पास जाँच करवाकर, फी वगैरे देकर जाते हुए फिर वापस आकर दबी-जुबान में बोले, डॉ. साब, आपकी दवा से मैं तो ठीक हो जाऊँगा, लेकिन मेरे पास भी कुछ ऐसी दवा है जो मैं आपको बताना चाहूँगा। ये पहाड़ी वनस्पति 'शिलाजित' है, अगर आपके किसी पेशंट को शरीर या लिंग में कमजोरी, बच्चा न होना, माथेपर बालों का कम होना, वजन कम होना, ब्लड प्रेशर, डायबिटिस, आदि बीमारी हो तो ये दवा काम करती है। शायद विश्वास नहीं होगा। आप मेरी डायरी पढ़ो, जिसमें जिन्हें फायदा हुआ है उन्होंने प्रतिक्रिया लिखी हैं।''

मैंने समयाभाव बताने पर भी, पिछा नहीं छोडा। आपके कुछ पेशंट के पते या फोन नंबर मांगने लगा। ''फिर देखेंगे'' ऐसा कहकर मैंने उनकी रवानगी की थी। सातपुते ने भी करीब करीब ऐसी ही गुजारिश की थी। सातपुते के पास भेजने से कम से कम नुकसान तो नहीं होना था। स्ट्रोक से लकवा मारने पर मालिश से ही तो फायदा होता है। मैंने उनसे सहमति प्रदर्शित की। कुछ दिन बाद सातपुते ने ''स्वास्थ्य में मसाजोपचार'' नामक किताब लिखकर प्रकाशित भी की।

एक शाम मेरे क्लिनिक में बडी खुशी में आएं और कहने लगे, 'ये देखो डॉ. साब, भारतीय मसाज थेरेपी पर व्याख्यान हेतु मुझे मॉस्को से निमंत्रण आया है।''

''व्वा, क्रेडिटेबल! अभिनंदन! मुझे आप पर गर्व है सातपुते!''

अगले हफ्ते बाद के रविवार को रात को मेरे घर की बेल बजी देखा तो बाहर सातपुते! एक हाथ में फाईल लिए घबराए से! मैंने पुछा, 'सातपुते, इतनी रात गए क्या काम निकाला? आइये, तबीयत तो ठीक है ना?''

''मैं बेसमय आपको तकलीफ दे रहा हूँ...लेकिन बात महत्त्वपूर्ण और अर्जंट है।''

मैंने सातपुते को सोफे पर बिठाया, ''जरा शांति से क्या हुआ है, मुझे बताइये।''

फाईल से एक कागज निकालकर देते हुए बोलने लगे, ''सर, आपको पता ही है कि मुझे मॉस्को व्याख्यान देने बुलाया गया है। रशियन दूतावास ने व्हीसा हेतु

कुछ जाँचें बताई थीं। अब ये रिपोर्टस् प्रस्तुत की तो कह रहे हैं कि मैं इस VDRL पॉझीटिव के कारण रशिया नहीं जा सकते हो।''

आगे बोले, ''आप मुझे इतने दिनों से जानते हो, क्या मैं 'वैसा' आदमी हूँ क्या?'' ऐसा कहकर बच्चों की तरह रोने लगे।

थोडी देर बाद सम्भले और फिर कहने लगे 'घर में मुँह दिखाने लायक जगह नहीं बची। पत्नी ने तो खाना-पीना छोड दिया है। बच्चे भी मेरी ओर संदेह की निगाह से देखने लगे हैं। भाड़ में गया रशिया, ये नया नाटक ही शुरु हो गया है। आप सर्टिफिकेट देंगे तो मेरा काम होगा क्या?''

''मेरा प्रमाणपत्र तो बिल्कुल काम नहीं आएगा।''

''आप ही कोई रास्ता निकालेंगे यह सोचकर, बड़ी उम्मीद से आया हूँ आपके पास!''

''देखिए सातपुते, ये VDRL टेस्ट कभी कभी सचमुच निगेटिव होते हुए भी पॉजिटिव दिखते हैं। इसे हम 'फॉल्स पॉजिटिव' कहते हैं। ये सिध्द करने के लिए हमें और अधिक स्पेसिफिक टेस्ट करवानी पड़ेगी जिसका नाम है, TPHI टेस्ट। आप जैसा कह रहे हैं यदि वैसा ही है तो ये टेस्ट निगेटिव्ह आएगा और आप रशिया जा पाएँगे। कल हम ये टेस्ट करवा लेंगे।''

दूसरे दिन TPHI टेस्ट की रिपोर्ट लेकर हाथ ऊँचा कर विजयी मुद्रा में सातपुते आए। उनके सौभाग्य से रिपोर्ट निगेटिव थी। मैंने दोनों रिपोर्ट के साथ मेरा पत्र देकर उन्हें कहा, ये पत्र व्हिसा अधिकारी को दीजिए अब कोई अड़चन नहीं आएगी। बॉन व्हॉयेज!''

उसके एक हफ्ते बाद मेरे मित्र और प्रसिद्ध व्हिडी विशेषज्ञ डॉ. पाकिटवाला का एक पत्र मुझे मिला और अब आश्चर्यचकित होने की मेरी बारी थी। पत्र का मसौदा ऐसा था,

''प्रिय सुरेश, अच्छे ही होंगे।

आपका पेशंट मि. सातपुते को मेरे पास भेजने के लिए धन्यवाद! उसका सिफिलिस का टेस्ट 'पॉजिटिव ही था और तद्नुसार मैंने ट्रिटमेंट शुरू किया। उसने ट्रिटमेंट को उत्तम प्रतिसाद दिया और अब वो ठीक है।''

पुनश्च आभार!

डॉ. परवेज पाकिटवाला

मैं कुछ गंभीर ओर उलझे पेशंट डॉ. पाकीटवाला को रेफर करता रहता था किंतु सातपुते को नहीं भेजा था। शायद वह स्वयं ही उनके पास गया होगा और डॉ. परवेज ने रेफरंस समझकर मुझे पत्र भेजा था। पेशंट 'डॉक्टर-शॉपिंग' करते हैं, ये कोई नयी बात नहीं थी। लेकिन सातपुते आप भी? ज्युलियस सीझर के सीने में उसके मित्र ने छूरा भोंक ने पर उसे क्या महसूस हुआ होगा इसका थोड़ा एहसास मुझे हुआ। कहीं न कहीं मेरा इगो 'हर्ट' हुआ। अनजाने ही मैंने डॉ. परवेज का नंबर डायल किया।

''केम छो, सुरेश?'' बिल्कुल पारसी स्टाईल में डॉ. परवेज बोले।

''परवेज, सातपुते पेशंट बारे में तुम्हारा पत्र मिला। थँक्स! तुम्हें याद है क्या वो पेशंट?

''हाँ, पक्का याद है, क्या हुवा उसको?''

''वो ठीक है, मुझे तुमसे कुछ जानकारी चाहिए थी।''

''गो अहेड़! आस्क!''

''मैंने उसे VDRL की वजह पूछी थी, लेकिन मुझसे तो ना कह रहा था। एकदम इनोसंट प्लीड कर रहा था। तुमसे सच बोला था क्या?''

''छोड ना यार! तुम तुम्हारे पहचानवाले पेशंट से सच बोलने की उम्मीद कैसे कर सकते हो? वो या तो तुमसे शरमाया होगा या डरा होगा।'' फिर हँसते हुए कहने लगे, ''हम सब आदम और इवा से पैदा हुए हैं और तुम तो जानते ही हो कि ॲपल्स हमेशा कितने ॲट्रॅक्टिन होते हैं? जस्ट फरगेट एण्ड फर्गिव हिम! बाय!''

परवेज की बातों से मुझे भी हँसी आयी। और मैं सातपुते को भूलकर काम में व्यस्त हो गया।

कुछ दिनोंबाद अपने पत्नीव्रत का कोट पहनकर डॉ. सातपुते मुझसे मिलने आए। मेरे लिए उनकी नई किताब और क्रेमलिन की छोटीसी रीप्लिका लेकर, ''मॉस्को की यादें।''

ॲडम और इव्ह का ये सडा हुआ सेवफल खानेवाले पेशंट हमारे डॉक्टरी पेशे में हमेशा ही मिलते रहते हैं।

❖❖❖

विवाहानंद की काली रात

''सर, मिसेस सिन्हा उनकी बेटी को लेकर आयी है, आपके चेंबर में बिठाया है।'' मेरे क्लिनिक में प्रवेश करते ही रिसेप्शनिस्ट ने मुझे सूचित किया।

''हॅलो मॅडम, कैसे आना हुआ?''

मिसेस सिन्हानें बिना कुछ बोले केवल गर्दन हिला कर मेरे आने की दखल जताई। पास में ही उनकी युवा बेटी स्मिता टेबल पर हाथों में गर्दन झुकाकर बैठी थी। वैसे स्मिता अपने नाम को सार्थक करनेवाली हमेशा की सुहास्यवदना। कुछ ही दिनों पूर्व उसका विवाह हुआ था। उसे इस स्थिति में बैठा देखकर मुझे लगा कि मामला कुछ गंभीर होगा। वैसे हम डॉक्टरों के मन में बुरे विचार पहले आते हैं।

''क्या हुआ, स्मिता ठिक नहीं है क्या?''

कुछ क्षण दोनों ने ही कुछ नहीं कहा। फिर मिसेस सिन्हा ने अचानक अपने आँसू और शब्दों के साथ फूट पड़ी।

स्मिता की ओर देखकर वो बोली, ''डॉक्टर साहब, कैसे बताऊँ पर बहुत ही अनहोनी बात हुई है।''

स्मिता अभी अभी कम्प्यूटर इंजिनियर होकर एक बड़ी कंपनी में मोटी तनख्वाह पर नौकरी में लगी थी। वही पर उसकी पसंद के ही समीर अरोरा नामक पंजाबी युवक से उसके तार जुडे और फिर दोनों के माता-पिता ने धूमधाम से शादी कर दी थी। आर्थिक स्थिति मजबूत थी, फिर क्या था? 'कहाँ जाए हनिमुन को!' नियोजन हुआ ही था। समीर और स्मिता चले सदाबहार निसर्गरम्य बाली!

मुंबई से सिंगापूर, सिंगापूर से देनपसार, सात-आठ घंटे का सफर नवविवाहित जोडे ने किसी अलग ही दुनिया में रहकर किया। बाली में कार्तिक प्लाजा होटल में सामान रखकर फ्रेश होकर दोनों घुमने निकले। कैसे पूरा दिन बीत गया दोनों को पता ही न चला। समीर का बायाँ पैर दुख रहा होने से वो लंगडाते हुए चल रहा था। लेकिन 'हसीन साथी और दिलकश नजारा' फिर कौन सूजन आए पैर की चिंता

करेगा? समीर भी इसके लिये अपवाद नहीं था।

शाम को पड़ोस के थिएटर में सांस्कृतिक कार्यक्रम देखकर दोनो रूम में लौटे। होटल के स्टाफ ने रूम को सुगंधीत फूलों से सजाया था। आगे का बहुत सा विवरण,'समझदार को ईशारा काफी' मान कर आगे बढ़ते हैं।

रात एक बजे का समय। दोनों गहरी नींद में थे। ऐसे में समीर अचानक नींद से जागा उसके सीने में दर्द हो रहा था, पसीना पसीना हो गया था और सांस लेने में तकलीफ हो रही थी। किसी प्रकार से उसने स्मिता को उठाया। स्मिता समीर की अवस्था देखकर घबरा गई। कुछ समझ नहीं पा रही थी। उसने रिसेप्शन को फोन लगाकर समीर के पास गई। समीर ठीक से बोल भी नहीं पा रहा था। हॉटल के दो सेवक वहाँ पहुँचे, स्थिति की गंभीरता देखते हुए उन्होंने मदद के लिए तुरंत फोन लगाएं। पांच मिनट में चार लोग समीर को उठाकर लॉबी में लाए तब तक होटल की गाड़ी तैयार ही थी।

"मॅडम, इन्हें तुरंत हॉस्पिटल में भर्ती करना होगा। पास में ही बाली मेडिकल कॉलेज का अंतरराष्ट्रीय स्तर का हॉस्पिटल है। आप चिंता न करें।" एक जिम्मेदार व्यक्ति स्मिता से कह रहा था। अगले दस मिनिट में ही पेशंट हॉस्पिटल के अतिदक्षता विभाग में चिकित्सा के लिए पहुँचा भी।

प्रमुख डॉक्टर सूचना दे रहे थे। "सिस्टर, बीपी, शुगर, वायटल्स चेक करो।"

"सर, पल्स १४४, किंतु स्थिर है, बीपी ८० सीस्टोलिक, एसपीओटू ७० है।"

समीर की हृदयगति बहुत तेज थी और बीपी कम था और ऑक्सिजन का स्तर १०० की बजाए ७० था।

"ओट शुरू करो। सिस्टर, ईसीजी करो। मॉनिटर शुरू करो, आयव्ही लाईन शुरू करो। जाँच के लिए ब्लड कलेक्ट करो। ब्लड गॅसेस भेजो।

अगले दस मिनिट में समीर की स्थिति काफी स्थिर हो गई थी। बीपी और ऑक्सिजन स्तर नॉर्मल रेंज में आ गया था। स्मिता अकेली सुन्न होकर सबकुछ देख रही थी। हाँ, होटल का वो जिम्मेदार व्यक्ति उसके साथ था।

आधे घंटे बाद प्रमुख ड्यूटी डॉक्टर ने स्मिता को अपने चेंबर में बुलाया। सौभाग्य से वह भारतीय था।

"मॅडम, अपने पेशंट की स्थिति गंभीर है। हम सभी प्रयास कर ही रहे हैं।"

लेकिन उन्हें हुआ क्या है?

मेडिकल भाषा में कहूँ तो आप के पती को 'पल्मोनरी एम्बोलिझम' हुआ है। उनके पैर के रक्तवाहिनी में रक्त की गाँठ तैयार हो गई थीं। ये गाँठ वहाँ से

खिसककर रक्त प्रवाह के साथ उनके दिल के दाहिने ब्लॉक में पहुँची और वहाँ से फेंफडे की ओर जानेवाली मुख्य रक्तवाहिनी में जाकर फँस गई है। जिसके कारण उनके फेंफडे का रक्तप्रवाह अंशत: रूक गया है। अभी उनकी हालत थोडी ठीक है आप उनसे बात कर सकती है।

हमारे शरीर में रुधिराभिसरण संस्था एक हवाबंद व्यवस्था, सिस्टम होती है। इस व्यवस्था में छेद या पंक्चर होने पर रक्त बाहर आता है, रक्तस्राव होता है। वो रोकने के लिये रक्त उस छेद के आसपास जम जाता है जिससे छेद बंद होता है। इस जमे हुए रक्त की गुठली को थ्रोम्बस कहते हैं। रक्त के कुछ घटक ये रक्त जमने की प्रक्रिया में मददगार रहते हैं। लम्बी यात्रा के दौरान बहुत समय तक बिना पैर हिलाए बैठने पर पैरों में ऐसी गुठली तैयार होती है। उसे हम डीप व्हेन थ्रोम्बोसीस (DVT) कहते हैं। ये गुठली नसों से चिपकी हुई रहती है। किंतु कभी कभी छूटकर रक्तप्रवाह में बँदूक की गोली की तरह बहकर दिल के दाहिने ब्लॉक में आकर बाद में फेंफडे में अटकती है और फेंफडे का रक्तप्रवाह रोकती है। फेंफडों का रक्तशुद्धी का कार्य बाधित होता है और यदि दोनों फेंफडों की ओर जानेवाली मुख्य रक्तवाहिनी यदि बंद हुई तो तत्काल रक्तप्रवाह रुकने से व्यक्ति की मौत हो जाती है। कुछ वंशानुगत दोषों से या कुछ अन्य कारणों से कुछ व्यक्तियों में खून के थक्के बनने की प्रवृत्ति अधिक होती है। शायद समीर में ऐसा ही दोष होगा और हवाई यात्रा से बढकर उसके पैरों में ऐसी गुठली बनी होगी। घबराई हुई स्मिता ने डॉक्टरों से पुछा, ''लेकिन अब इन्हें आगे क्या ट्रिटमेंट दिया जायेगा?''

''हमने हॉस्पिटल के हृदयरोग विशेषज्ञों को बुलाया है। वे आते ही होंगे। पेशंट की टूडी इको एवं कलर डॉपलर जाँच होगी। उससे पल्मोनरी एंम्बोलिझम का निदान निश्चित होने के पश्चात अगले ट्रिटमेंट की दिशा स्पष्ट होगी। उनका रक्त पतला होने के लिए हेप्यरिन नामक दवा हमने शुरु कर दी है।

यहाँ 'सोनोग्राफी' इस तकनीक के बारे में जान लेना जरूरी होगा। इसमें शरीर पर विपरित असर न करने वाली बहुत तेज कम्पन वाली ध्वनी तरंगों का इस्तमाल किया जाता है। हमारे कान २०००० कंपन तक सुन सकते है लेकिन इसमें २० लाख कंपन वाला ध्वनी उपयोग में लिया जाता है।

एक छोटे से स्फटिक के माध्यम से ऐसे कम्पन तैयार कर शरीर में छोड़े जाते हैं। ये कम्पन अलग अलग पेशियों से गुजरते समय उनकी कंपन संख्या में पेशियों के घनत्वानुसार बदलाव होता है। इस बदले हुए ध्वनि का प्रतिध्वनि फिर से वो ही स्फटिक पकडता है और संगणक (कम्प्यूटर) को देता है। कम्प्यूटर स्क्रिन

पर ऐसे अनेक बिंदुओं की एक रेखा तैयार होती है। प्रत्येक बिंदू की प्रकाशमानता कंपनसंख्यानुसार निश्चित की जाती है। ऐसी अनेक रेखाएं जल्दी जल्दी एक के सामने एक रखने पर द्विमिती चित्र तैयार होता है। यदि छाती पर ये यंत्र रखा तो हृदय का वैसा ही चित्र बाहर दिखता है। ऐसे अनेक चित्र लगातार देखने पर सिनेमा की तरह चित्र देखते हैं। हम हृदय के अंदर होनेवाली हलचल, खून का थक्का भी देख सकते हैं। गर्भवती स्त्री के पेट में उबासी लेनेवाला बालक हम कम्प्यूटर स्क्रीन पर देख सकते हैं।

अगले दस मिनट में हृदयरोग विशेषज्ञ वहाँ पहूँच गए। उन्होंने समीर का टूडी इको टेस्ट किया। स्मिता को बुलाकर उन्होने कहा, ''मॅडम, आपके पति के हृदय में रक्त की बड़ी गाँठ है और हर धड़कन के साथ आगेपीछे हील रही हैं। यूँ तो हम रक्त की गाँठ गलाने का इंजेक्शन देते हैं, लेकिन इनके मामले में इतना समय नहीं है। तत्काल ओपन हार्ट सर्जरी कर गाँठ निकालना होगी।''

ये बातें चल ही रही थी कि सिस्टर दौडते हुए आई, ''सर, ही इज अरेस्टेड!''

तुरंत सब लोग अंदर दौडें। अगले दस मिनट में सभी डॉक्टरों के प्रयासों को ठुकराते हुए समीरने स्मिता को छोड इहलोक से प्रयाण किया।

सिर भन्ना गया। स्मिता पर ईश्वर ने कितना बडा अन्याय किया था!

जैसे संकट झुंड बना कर आते ही उसी तरह किसी विशेष बीमारी को मरीज आने के बाद उसी बीमारी के अनेक पेशंट आते हैं। ऐसा अनुभव मुझे व मेरे अन्य मित्रों को कई बार आया है। अगले महिने की ही बात है।

मेरे एक पेशंट और मित्र श्री सुनील झगडे एक पेशंट को लाए।

''डॉक्टर, ये मेरे मित्र हैं, शिवाजीराव अण्णा पाटिल। बडे नेता हैं। पुरे महाराष्ट्र के प्राथमिक शिक्षक संघ के अध्यक्ष हैं। कह रहे हैं दो-तीन दिनों से बहुत साँस फुल रही है। आपके पास सलाह के लिए लाया हूँ।

सफेद झक धोती, शर्ट, गांधी टोपी धारी शिवाजीराव छह फूट ऊँचे, मजबूत कदकाठी के व्यक्ति! संयोग से उसी दिन लिफ्ट बन्द होने से चढ़ान से आने के कारण उनकी सांस फुल रही थी। नब्ज की गति बहुत तेज थी। बीपी नॉर्मल था। ईसीजी संकेत दे रहा था कि अण्णा के दिल पर बहुत तनाव है। सभी लक्षण पल्मोनरी एम्बोलिझम के थे।

''अण्णाजी, ये जो साँस फुल रही है उसके कारण आप को हॉस्पिटल में रहना होगा।''

''मुझे तकलीफ बहुत है, जो करना हो तुरंत करो।'' शायद अण्णा स्थिति की गंभीरता समझ चुके थे।

मैंने तुरंत रुबी क्लिनिक के प्रमुख और मेरे मित्र डॉ. परवेज़ ग्रँट को फोन किया।

अगले आधे घंटे में अण्णा रुबी क्लिनिक में थे। परवेज़ सर ने अगली व्यवस्था कर के ही रखी थी। अण्णा के फेंफडों का सीटी स्कॅन और सीटी एंजिओग्राफी की गई। एंजिओग्राफी के अनुसार अण्णा के मुख्य पल्मोनरी आर्टरी में खून का बडा थक्का अटका हुआ था। आजू-बाजू से थोडाबहुत खून फेंफडों मे जा रहा था और इसी कारण अण्णा ज़िंदा थे।

''सुरेश, इस पेशंट को थ्रोम्बोलाइज करना पडेगा!'' परवेज़ सर बोले।

''मुझे भी वैसा ही लग रहा है। चलिये, तुरंत करते हैं।''हमने श्री झगडे और अण्णाजी को बीमारी से अवगत कराया और अण्णाजी को कॅथलॅब में ले गए।

अण्णाजी को नींद का इंजेक्शन देकर उनकी जांघ से एक कॅथेटर नामक छोटी नली हृदय से आगे उस थक्के तक पहुँचाकर स्थिर की। अगले ४८ घंटे कॅथेटर के माध्यम से स्ट्रेप्टोकायनेज नामक, खून का थक्का गला सकनेवाली दवा से थक्के का अभिषेक किया। दवा लागू पडी। वह थक्का पूरी तरह गल गया और फेंफडों का रक्तप्रवाह पूर्ववत हुआ।

स्ट्रेप्टोकायनेज - इस वंडरड्रग की खोज संयोग से ही हुई। डॉ. टिलेट्ट को स्वयं की दाढ़ी करते समय एक सफेद झक ज्वार के दाने के बराबर फोडा दिखा। उन्होने उसे बचाकर दाढ़ी की। अगले दिन उस फोडे के सफेद द्रव का स्थान पानी जैसे द्रव ने लिया। उनकी ट्यूब एकदम से जली। इसका अर्थ उस फोडे के जीवाणुओं ने फोडे के सफेद पस का पाचन किया था। उन्होने वो जीवाणु और ये जीवाणु शरीर में संसर्ग तैयार करते हुए पाचक दवा, जो एक शस्त्र की तरह उपयोग में लाते हैं, इस का संशोधन किया। यही वो स्ट्रेप्टोकायनेज है। ये दवा हार्ट अॅटॅक में भी उपयोग में लम्ई जाती है।

अण्णाजी की साँस एकदम ठिक हुई। पेट की सोनोग्राफी से पता चला कि नसों में जगह जगह खून की गुठलियाँ बनी हुई हैं। फिर से ऐसी गुठलियाँ हृदय तक न जा पाएँ और यदि चली ही गई, तो उनका रास्ता रोकने के लिए एक फिल्टर अण्णाजी के पैर से हृदय की ओर जानेवाली बड़ी वाहिनी मे लगाया गया। आज इस बात को १४ वर्ष हो चुके हैं। अण्णाजी का स्वास्थ्य एकदम मस्त है। फिल्टर चोक न हो इसलिये वे खून पतला होने की दवा नियमित रूप से लेते हैं।

❖❖❖

जान बची...लाखों पाए!

ये बात है लगभग चालीस साल पुरानी जब मैं ससून हॉस्पिटल में एम. डी. कर रहा था।

बुधवार की शाम। हमारे युनिका 'इमर्जन्सी दिन'। चौवीस घंटे लगातार काम करनेवाले सीएमओ विभाग में एक पेशंट के आने की सूचना आने से मैं और मेरा ज्यूनिअर डॉक्टर-सहकर्मी वहाँ गए। हमारी युनिट के प्रमुख विशेषज्ञ डॉ. सुळे की चिठ्ठी लेकर श्री मोहन भट नामक एक पेशंट हमारी राह देख रहे थे। पचास पार किए और सम्पन्न दिखनेवाले श्री भट वकील है ये उनके पहले संवाद से ही स्पष्ट हुआ। पहले ही सर के निजि पेशंट और वकील हम थोडी अधिक सावधानी से ही सुन रहे थे।

''आज सुबह से मेरी तबीयत खराब है। थोडा बुखार है, बदन दर्द है, बदन पर लाल चट्टे उभरे हैं। जुबान पर भी लाल-काले चट्टे दिख रहे हैं। नाक छिंकने पर खून के थक्के गिरते हैं।

उनकी जाँच करने पर दिखा कि पूरे बदन पर एक-दो मिलिमिटर के हजारों लाल धब्बे दिख रहे थे।

''सर, परप्यूरा है शायद।'' जूनियर मेरे कान में फुसफुसाया।

मुँह के अंदरूनी हिस्से में भी लाल-काले चट्टे दिख रहे थे। नाक से खून आना रूक गया था। पेट में लिवर और स्प्लीन बढ़ा हुआ था। बुखार १००° था किंतु रक्तदाब सामान्य था। वे कोई भी दवाई नहीं ले रहे थे लेकिन रोज रात्री में तीन-चार पेग व्हिस्की अनेक वर्षों से नियमित रूप से ले रहे थे।

''भट साहब, ऐसा लग रहा है कि आपके खून में प्लेटलेटस नामक पेशी की मात्रा कम हो गई है। ये पेशियाँ हमारे शरीर में यदि रक्तस्त्राव हो तो उसे रोकती है। आपके मुँह के चट्टे और नाक से निकलनेवाला खून ये ही संकेत दे रहे हैं। आपको हॉस्पिटल में भर्ती कर कुछ जाँचो के बाद इलाज करना पडेगा।

भट साहब निजि वॉर्ड में भर्ती होने के पश्चात कुछ ही समय में उनकी जाँच रिर्पोर्टस प्राप्त हुई। भट साहब का प्लेटलेट काऊंट केवल दस हजार ही था। इसीलिए बिना किसी कारण के नाक, त्वचा, मूँह से अपने आप रक्तस्त्राव हो रहा था। ये प्लेटलेटस बोनमॅरो में तैयार होते है। इन प्लेटलेटस का जीवन दस दिनों का होता है। खून में वृद्ध हुए प्लेटलेटस 'स्प्लीन' अर्थात 'तिल्ली' में जाकर मरती है। प्लेटलेट कम होने के दो कारण होते है। एक मूल पेशी कम होने से उनका उत्पादन कम होता है और कभी कभी किन्ही कारणों से शरीर में प्रोटिन्स में हुए बदलाव से प्लेटलेटस की पहचान बदल जाती है जिससे शरीर की सुरक्षा व्यवस्था प्रतिकारक क्षमता उन्हें नष्ट करती है। भट साहब के केस में शायद यहीं हो रहा था क्यों कि अन्यथा उनके बाकी रिपोर्टस नॉर्मल थे और लिवर-किडनी का कार्य सुचारु चल रहा था। हमने उनके रिपोर्टस की सारी सूचनाए डॉ. सुळे सर को दी।

''सुरेश, श्री भट केवल अपने पेशंट न होकर मेरे मित्र भी है। उन्हें डेंग्यु नामक बुखार की भी संभावना है। उन्हें स्टेरॉयड का इंजेक्शन शुरू करो और रात में ताजा खून भी चढ़ाओ। कल सुबह फिर प्लेटलेट काऊंट सूचित करो। मैं कल सुबह उनकी जाँच करूंगा।

दूसरे दिन सुबह भट साहब एकदम तरोताजा दिख रहे थे। रातभर के उपचार का अच्छा परिणाम दिखा रहा था। ब्लिडिंग रुक गया था, बुखार उतर गया था, चट्टे कम हो गए थे और आज का ताजा प्लेटलेट काऊंट पचास हजार था।

''अब आप खतरे से बाहर है।'' मैंने खुशी से भटसाहब से कहा।

अगले दो दिनों में ही उनका स्वास्थ्य सुधर गया प्लेटलेट काऊंट तीन लाख था। अगले दस दिनों में स्टेरॉयड की गोलियाँ धीरे धीरे कम करने की सूचना देकर उन्हें हमने घर भेजा।

लगभग पंद्रह दिनों बाद ही श्री भट फिर से उन्ही शिकायतों के साथ अॅडमीट हुए। फिर से वो ही दवाईयाँ शुरु की लेकिन उनके प्लेटलेट बढ़ही नहीं रहे थे। २०-३० हजार तक स्थिर थे। बोनमॅरो टेस्ट में तो प्लेटलेटस की मूल पेशीयाँ चार गुना बढ़ी हुई थी। अर्थात भट साहब की प्लेटलेटस स्प्लीन में जाकर नष्ट हो रही थी, उनकी अँटीबॉडीज तैयार हो गई थी। उस दौरान अँटीबॉडीज गिनने की सुविधा उपलब्ध नहीं थी।

''ऐसा लगता है कि सुरेश भट को आयटीपी हुआ है और बहुत दिनों तक स्टेरॉयडस देना पडेंगे। उनके प्लेटलेटस कम होने का कारण ढूंढना पडेगा अन्यथा स्प्लीन निकालना आवश्यक होगा।''

अँटीबॉडीज के कारण प्लेटलेटस कम होने की बीमारी को आयटीपी कहते हैं। संक्रामक जंतुओं से होनेवाला आयटीपी कुछ ही दिनों में ठीक हो जाता है लेकिन अन्य कारणों से अँटीबॉडीज का उत्पादन सतत बढ़ता ही रहे तो स्टेरॉयडस या सर्जरी के अलावा कोई विकल्प नहीं रह जाता है। कभी कभी कुछ औषधियों की एलर्जी निर्मित होने से ऐसे एँटीबॉडीज का उत्पादन सतत चालू ही रहता है। फिर वह औषधी का सेवन तुरंत बन्द करना ही सर्वोत्तम उपाय रहता है। हमने भट साहब की जानकारी निकालने की काफी कोशिश की किंतु कोई भी सुराग नहीं मिल पा रहा था।

एक दिन वॉर्ड की मुख्य सिस्टर ने मुझे धीरे से कहा, ''सर ये पेशंट रोज दारु पीते हैं। रोज सुबह दाढ़ी बनाने आने वाले नाई से उन्होने 'सेटिंग' कर रखी है। वो नाई फव्वारेवाली बोतल में दारु लाकर उन्हें देता है, ऐसी मुझे आशंका है।''

मैंने ये बात डॉ. सुळे सर से कहीं। वे मुस्कुरा दिए।

''अरे मोहन, तू हॉस्पिटल में भी तेरा कार्यक्रम जारी रखे हुए है। क्या पीता है?''

मोहन भट चमक गए।

''डॉक्टर, मैं उसके बिना रह ही नहीं सकता। पत्नी के गुजरने के बाद ब्लेक लेबल ने ही मेरा साथ दिया है।

एक क्षण मुझे भट साहब पर दया आई।

लेकिन, सर कुछ अलग ही सोच रहे हैं। सुळे सर उत्तम निदान के लिए सुप्रसिद्ध थे। सर के माथेपर 'रोग परीक्षण चातुर्य' के अनेक 'तमगे' थे। 'पुणे सिंड्रोम' उसी में से एक। जुन्नर के पास एक गांव के परिवार में सभी को अधिक मात्रा में यूरीन होने लगी। रोज पंधरा-बीस लिटर्स! अगस्ती मुनी की याद दिलानेवाली बीमारी! इसे हम डायबीटीस इन्सिपिडीस कहते हैं। सर ने संशोधन से पता लगाया कि इन लोगों ने खाए हुए बाजरे पर फफूंद का रोग फैला हुआ था और उसी कारण बीमारी पैदा हुई थी। 'अचूक रोग परीक्षण' ये सर की खासियत थी। किसी पेशंट से बातचीत होने के बाद वे दो मिनट आंखें बन्द कर शांति से विचारमग्न होते थे और हम भी अब सर 'क्या कहेंगे' का इंतजार करते थे। जैसे भगवान श्रीकृष्ण अंतर्यामी बन ज्ञानकोश ढूंढते थे, उसकी याद आ जाए! आज भी सर थोडी देर भट साहब के पास ऐसी ही ध्यान मुद्रा में खडे थे।

''भट, व्हीस्की में क्या मिलाते हो? सोडा, पानी कि स्ट्रेट, 'ऑन द रॉक्स'?''

भट खुश हुए।

''मेरे कुछ मित्र ब्रिटीशकालीन आर्मी से निवृत्त हैं। वे व्हिस्की में एक स्पेशल पानी मिलाते हैं, 'टॉनिक वॉटर'। ये कड़वा रहता है, लेकिन उसका मजा कुछ और ही है।''

''मुझे दिखाएँगे आपका 'टॉनिक वॉटर'?''

भट साहब ने तुरंत अलमारी खोलकर एक बोतल सर को मुस्कुराते हुए दी।

''बिल्कुल सही! इसी कारण, इसी पानी के कारण आपके प्लेटलेटस की मात्रा कम हो रही है।''

सर जो कुछ बोल रहे थे उसपर भट साहब या कोई अन्य विश्वास ही नहीं कर पा रहा था।

''डॉक्टर यदि आप मेरी दारु छुडवाने के लिए ऐसा कह रहे है तो उसका कुछ भी असर नहीं होगा।''

''दारू पीना ये आपका व्यक्तिगत निर्णय है। किंतु मुझे पूर्ण विश्वास है कि आपकी बीमारी इसी टॉनिक वॉटर के कारण ही है।''

''माफ कीजिए सर, किंतु आपके कहने का आधार क्या है, सबूत क्या है?'' भट का वकील जागृत हुआ।

डॉ. सुळेसर ने गंभीर होते हुए मुझसे कहा, ''सुरेश, जल्दी से दो कांच के ग्लासेस मँगवाइये।''

भट साहब ने स्वयं अलमारी से दो ग्लास निकालकर दिए। हम सब अब सर के अगले कदम का इंतजार कर रहे थे।

सर ने एक ग्लास पूरी तरह 'टॉनिक वॉटर' से भर दिया और दूसरा ग्लास सादे पानी से। दोनों ग्लास फिर खिडकी में धूप में रख दिए।

''हम दूसरे पेशंट देखकर आते हैं तब तक ये ग्लास ऐसे ही रहने दीजिए। हम पंधरा बीस मिनट बाद लौटे। अब क्या जादू दिखेगा यही उत्सुकता थी।

देखा तो दोनों ग्लास वैसे ही थे। कुछ भी फर्क नजर नहीं आ रहा था।

''सुरेश, अब सब लोग बारीबारी से दोनों ग्लास के पानी के पीछे की तरफ देखो!''

सर्वप्रथम मैंने ही देखा, 'टॉनिक वॉटर' के ग्लास का लगभग पाव इंच का हिस्सा निला होकर चमक रहा था। हम आश्चर्यचकित थे और भट साहब भी!

''अब ये 'टॉनिक वॉटर' की बोतल का लेबल पढ़ो।'' सर। ''इंडियन टॉनिक वॉटर - कंटेन्स 'क्विनाईन'।'' पढ़ते पढ़ते ही मेरी ट्यूब प्रकाशित हुई। भट साहब को क्विनाईन की एलर्जी थी और इसी कारण उनके प्लेटलेटस कम हो रहे थे।

टॉनिक वॉटर में शामिल क्विनाईन के रेणुओं पर कड़क धूप से सूर्यप्रकाश की अल्ट्रावॉयलेट किरणों से चमकनेवाले 'प्रोटॉन्स तैयार होते हैं और इसीलिए नीला रंग दिख रहा था।

'वो' टॉनिक वॉटर पीना बंद करने के कुछ दिनों में भटसाहब के प्लेटलेटस बढकर पूर्ववत हो गए। डॉ. सुळे सर ने मजबूत सबूत पेश किए थे। भट साहब ने तो इस पूरे प्रसंग से इतनी सीख ली कि ब्लॅक लेबल अब वे ऑन-द-रॉक्स लेने लगे।

❖❖❖

लगी कलेजवां कटार!

लगभग २५ साल पूर्व की एक सुबह!

स्थान - महात्मा फुले मंडी के पास, बाबू गेनू चौक, पुणे।

बीस के आसपास का नौजवान, खून से लथपथ बीच चौक में पडा था। दो पुलीस सिपाही और दो वयस्क पुरुष उस घायाल युवक के पास खड़े खड़े आपस में बातचीत कर रहे थे। पुलीसवालों ने भीड़ को पीछे धकेल दिया होने के कारण घेरा बनाकर खडे थे। उसी समय एब्युलेंस आने की आवाज आई। भीड ने रास्ता दिया। स्ट्रेचर बाहर निकाला गया, एक डॉक्टर उस नौजवान की जाँच करने लगे।

"डॉक्टर, उसपर तलवार से हमला किया गया है। बेचारा अपने रास्ते जा रहा था। दो गुंडो की टोलियों की लडाई में ये फँस गया। बाकी सब भाग गए, लेकिन ये पिछले १०-१५ मिनटों से यहीं पड़ा है। केवल सांस जारी है। हलचल कुछ भी नहीं है। जेब में रखे लाइसेन्स पर लिखे घर के पते पर पुलीस गईं हैं। रिश्तेदार आते ही होंगे। डॉक्टर साहब, ये बचेगा न?" वहाँ मौजूद एक पुलीस जवान ने एक सांस में ये जानकारी प्रदान की।

जाँच के बाद डॉक्टर बोले, "इसमें अभी भी जान है, बहुत रक्तस्त्राव हुआ है, तुरंत हॉस्पिटल में भर्ती कराना होगा।"

तुरंत उसे एम्ब्युलेंस में रखकर ले जाया गया।

स्थान - गहन चिकित्सा इकाई, ससून हॉस्पिटल, पुणे।

नौजवान पलंगपर लेटा हुआ। आसपास डॉक्टर, नर्स व अन्य स्टाफ की गहमागहमी। ट्रीटमेंट शुरु हो गया था। पेशंट का नाम था 'सुनील कावरे'!

पेशंट की माताजी ने एक डॉक्टर को रोते रोते ही पूछा, "डॉक्टर साहब, कैसा है मेरा सुनील? होश में है क्या वो? मैं माँ हूँ उसकी, क्या मैं देख सकती हूँ उसे?

उनकी स्थिति देख डॉक्टर भी भावुक हो गए।

''माँ साहब, अभी कुछ नहीं कहा जा सकता। हमारे सारे प्रयास जारी है। उसके पेट और सीने में तलवार घुसी है। जख्म गहरे हैं। खूब खून बहा है। अभी भी ब्लडप्रेशर लो है। आपको खून की काफी व्यवस्था करनी होगी। हम उन्हें तुरंत ऑपरेशन थिएटर में ले जा रहे हैं। आप ऑपरेशन के सहमतिपत्र पर हस्ताक्षर कर सिस्टर को दे दीजिए।'' इतना कहकर डॉक्टर फिर अंदर चले गए। वो बेचारी माता तो घबराही गई। आसपास सुनील के काफी मित्र खडे थे। उन्होने आपस में चर्चा की और उनमें से कुछ ब्लडबँक की ओर दौडे।

स्थान - ऑपरेशन थिएटर

सुनील के ऑपरेशन की पूरी तैयारी हो चुकी थी। एनेस्थेशिया विशेषज्ञ डॉक्टर श्रीमती कटारीया ने कृत्रिम श्वास की भी तैयारी कर ली थी। डॉ. साने जैसे अनुभवी सर्जन सुनील के लिये उपलब्ध थे। 'प्राण' नामक सुप्रसिद्ध अभिनेता जैसे दिखनेवाले डॉक्टर साने उत्तम शिक्षक भी होने के कारण विद्यार्थियों में प्रिय थे।

''सर, पेशंट को बेहोश कर दिया है, अब आप शुरु कर सकते हैं।'' डॉ. कटारिया ने कहा।

''थँक्स डॉक्टर! केस जरा विचित्र ही है। इसे दो जगह भोंका गया है। संयोग देखिए, कल रात्री में ही 'कट्यार काळजात घुसली'' (लागी कलेजवा कटार) नाटक देखा।

और आज सचमुच में वैसा ही पेशंट! चलो, सबसे पहले इसका पेट खोल कर देखते हैं। सिस्टर स्कालपेल दीजिए। इतना कहते कहते डॉ. साने सर ने पेट खोल भी दिया। अन्दर खून दिख रहा था किंतु बाकी सारे अंग ठीक दिख रहे थे।

''लगता है, अंदर विशेष नुकसान नहीं हुआ है। लिवर, स्प्लीन ठीक है।'' इसका अर्थ अपना अनुमान गलत निकला। सीने के घाव के कारण अधिक रक्तस्त्राव हुआ लगता है। नो प्रॉब्लेम, वुई विल ओपन द चेस्ट!'' खुला पेट हरे टॉवेल से ढँककर सर ने सीने पर चीरा लगाया। छाती में खाली स्थान खून के थक्कों से भरा हुआ था। चीरा लगाते ही फिर से खून बहने लगा। अब डॉ. साने के हाथ तेजी से चलने लगे। उन्होंने अपने अनुभव और कौशल से रक्तस्त्राव नियंत्रित किया।

''फेंफडे में बड़ा टेअर था। ये आदमी यहाँ तक कैसे पहुँच पाया ये आश्चर्यजनक ही है। कहते है ना, 'जा को राखे साईयाँ मार सके ना कोय' ऑपरेशन से पेशंट के स्वास्थ्य में सुधार आया और सर खुश हुए। पेट और सीने पर टाँके

लगाते समय डॉ. साने कहने लगे, ''सभी सुनिए, ये पेशंट ठिक होकर घर गया तो पूरी टीम को मैं पार्टी दूँगा।''

''ये 'पार्टी' याने ''खबरदार, मैंने मेरा सर्जिकल कार्य ठीक से कर दिया है, लेकिन पोस्ट ऑपरेटिव्ह फिक्र करने की जिम्मेदारी आप सब की है। ढीलमपोल मैं बर्दाश्त नहीं करुंगा।''

सभी समझ रहे थे कि ये गर्भित वॉर्निंग ही है। वैसे आज तक किसी को भी याद नहीं कि साने सर ने कोई पार्टी दी हो। सुनील के ठीक होने पर इतिहास ही घटित होनेवाला था।

स्थान - सर्जिकल वॉर्ड, ससून हॉस्पिटल

दो-तीन दिन-रात रेसिडेंट डॉक्टरों ने 'रोटा' लगाकर याने बारी-बारी से ड्यूटी करने के बाद सुनील की स्थिति में सुधार आया। उस समय के दौरान आज की तरह 'अति-दक्षता इकाई' वगैरे का चलन नहीं था। रेसिडेंट डॉक्टर बारीबारी से 'अलार्म-क्लॉक' सिरहाने रखकर पेशंट के पास सोते थे। कभी कभी आधी रात गए अचानक सर राऊंड पर आते थे; और यदि कोई ढ़ीलमपोल करता दिखे तो उसे शाब्दिक मार से लहूलुहान कर देते थे। 'आपके पिताजी की देखभाल भी ऐसे ही करोगे क्या?' इससे ज्यादा वेदना तो चाबूक चलाने पर भी नहीं होती होगी। इसी युनिट की मुख्य प्रोफेसर डॉ. श्रीमती मेहता ऐसी उचित रुग्णसेवा के लिये प्रसिद्ध थी। किसी पेशंट की दर्दभरी कहानी सुनकर उन्होने की हुई आर्थिक मदद के अनेक किस्से ससून के स्टाफ ने अनुभव किए थे। ये पारसी लोग होते ही हैं दयालू और दानवीर।

मुंबई के डॉक्टर बालिगा नामक गुणग्राहक सज्जन भी ऐसे ही स्वभाव के लिए प्रसिद्ध है। एक होनहार किंतु गरीब विद्यार्थी को उच्च अध्ययन हेतु इंग्लैंड जाने के लिए बिना मांगे आर्थिक मदद की और उसके वापस आने पर जे. जे. हॉस्पिटल में मानद प्राध्यापक का स्थान भी दिलवाया। देवतत्ववाले ऐसे प्राध्यापकों की परम्परा अभी भी जारी है। वास्तव में 'दान' देने के अवसर चिकित्सा व्यवसाय में दिन प्रतिदिन आते हैं।

सुनील ठीक होकर घर गया। जाते समय उसकी माँ ने अश्रूपूरीत नयनों से सबका आभार व्यक्त किया साथ ही गणेश भगवान का एक बड़ा फोटो वॉर्ड के लिये भेंट भी किया।

स्थान - सुनील का घर, पर्वती, पुणे

हॉस्पिटल से घर आने के बाद पंद्रह दिन बीत गए। उसके मृदुस्वभाव के कारण उसका मित्र परिवार विशाल था। रोज अनेक मित्र मिलने आते थे। एक दिन मित्रों की जमी महफिल में एक विनोदी किस्से पर सब हँस हँस के लोटपोट हो गए। लेकिन सुनिल ये हँसना सहन नहीं कर पाया। उसे खाँसी की ढ़ांस लगी, ऐसा लगा उलटी होगी। केवल लगा ही नहीं हो भी गई - खून की! ये देखकर सभी मित्र-मंडली घबरा गई। सबने मिलकर रिक्षा से हॉस्पिटल पहुँचाया।

स्थान - हरजीवन हॉस्पिटल, सारसबाग

फिर सुबह का ही समय। डॉ. मनोहर शेठ उर्फ बाबा ओपीडी में पेशंट देख रहे थे। सुनील को उसके दो मित्र लाए थे। सुनील का शर्ट खून से पूरी तरह सना हुआ था। 'बाबा' की अनुभवी नजर ने स्थिति की गंभीरता भाँप ली।

इमर्जंसी केस को तुरंत ऑपरेशन थिएटर में ले जाया गया। पुणे शहर के इस हिस्से में डॉ. मनोहर शेठ और उनका हरजीवन हॉस्पिटल इस प्रकार की इमर्जंसी केसेस के उत्तम ट्रीटमेंट के लिए प्रसिद्ध हैं। 'बाबा' के पिताश्री का नाम हरजीवन! कोंकण क्षेत्र के महाड़ क्षेत्र के वे सेवाभावी डॉक्टर थे।

कावरे परिवार के लिए आज का प्रसंग याने एक माह पूर्व के ससून हॉस्पीटल के प्रसंग की पुनरावृत्ति थी। सभी पात्र वहीं थे केवल स्थान परिवर्तन था। थोडी ही देर में बाबा थिएटर से बाहर आए।

''कावरेताई आप चिंता न करें। शायद पेट में रक्तस्राव हुआ है। अब ब्लिडींग रुका है। स्थिति ठीक है। शायद पेट में सूजन होगी या अल्सर भी हो सकता है। उसे अभी 'अंडर ऑब्जरवेशन' रखा है।'' बाबा की ये बातें सुनकर बाहर खडे सब ने राहत की सांस ली। पेशंट को 'टागामेट' का इंजेक्शन लगाकर बाबा दूसरे पेशंट देखने चले गए।

सायंकाल में बाबाने फिर पेशंट देखकर कहा कि ''अब सुनील ठीक है, स्टेबल है। लेकिन ब्लीडिंग का कारण समझ से परे है। सीने का एक्स-रे भी ठीक है। यदि अल्सर होगा तो फिर से ब्लीडिंग सम्भावित है। मुझे लग रहा है कि पेट में दुर्बीन डालकर देखना उचित होगा। 'ब्लीडिंग अल्सर' होने पर सर्जरी भी करना पड सकती है।'' सुनील के माँ-बाप फिर चिंतित हुए।

''बाबा, हमारा आप पर पूर्ण विश्वास है, आपक जो उचित समझे, कर सकते है।'' दोनों ने एक स्वर में कहा।

दूसरे दिन एण्डोस्कोपी की गई। रिपोर्ट नॉर्मल थी। अब आगे?

कर्मधर्म संयोग से मेरा पेशंट देखने मैं उसी समय हरजीवन हॉस्पिटल पहुँचा था। मेरी और बाबा की मुलाकात होते ही वे बोलने लगे, ''डॉक्टर शिंदे, एक इंटरेस्टिंग केस है, देखेंगे क्या? मुझे ब्लीडिंग का कोई कारण नजर नहीं आ रहा है लेकिन पेशंट के रिश्तेदार मेरे नियमित पेशंट होने के कारण मैं कोई रिस्क नहीं लेना चाहता हूँ।''

''ठीक है!'' ऐसा कहकर मैं सुनील के कमरे में पहूँचा।

''मैं डॉक्टर शिंदे! बाबा के कहने पर मैं इनकी जाँच करने आया हूँ।'' मैंने मेरा परिचय दिया।

''डॉक्टर, मैं अब हॉस्पिटल से ऊब गया हूँ। मैं अब पूरी तरह ठीक हूँ। अब जाँचें वगैरे छोड मुझे घर जाना है।''

पास ही खडी उसकी माताश्री आगे आते हुए बोली, ''इसका कुछ न सुनिए, आपको जो जाँच करना है करिए। घर जाकर फिजूल में तकलीफ नहीं होनी चाहिये।''

''सुनिल, प्लीज शर्ट उतारो।''

वो शर्ट निकालने तक उसकी माँ से मैंने उसके बीमारी की सारी जानकारी ले ली। बिल्कुल बाबू गेनू चौक से यहाँ आने तक!

लेटे हुए सुनिल के शरीर में विशेष कुछ नजर नहीं आ रहा था। किंतु एक छोटी सी नई बात ने मेरा ध्यान आकर्षित किया। उसके छाती पर दाहिनी ओर निपल के पास छोटे निंबू के आकार की सूजन या गाँठ दिख रही थी। प्राथमिक रूप में मुझे वो चरबी की गाँठ लगी।

निश्चित करने के लिये मैंने उसकी माँ से पूछा,''क्या ये गाँठ इसके जन्म से है?''

''नहीं डॉक्टर, ये तो मैं अभी पहली बार ही देख रही हूँ।''

इतनी देर से हमारे संवाद सुननेवाला सुनील बोला, ''ये गाँठ मैं ससून से घर आने के बाद से महसूस कर रहा हूँ और ऐसा लग रहा है कि ये धीरेधीरे बढ़ रही है।''

''यहाँ दबाने पर दर्द होता है क्या?''

वो गाँठ दबाने मैंने आगे बढ़ाया हाथ पकडकर सुनील बोला,''डॉक्टर जरा धीरे दबाईये। कल हँसते हँसते एक दोस्त मेरे उपर गिरा और शायद ये गाँठ दब गई और तब से ही जरा दर्द हो रहा है।''

''और फिर उसके बाद इसे खून की उल्टी हो गई। माँ ने जोडा।

ये सब सुनकर मेरा विचारचक्र चलने लगा। मैं सारी घटनाओं को जोडकर सुनील की बीमारी का चित्र मन ही मन तैयार कर रहा था।

बाबा से चर्चा करने का कहकर मैं कमरे के बाहर आया।

''डॉ. शेठ, इस लडके की छातीपर जो गाँठ है उसकी जाँच करनी चाहिये।''

''किंतु एक्स-रे तो ठीक है।'' डॉ. शेठ बोले।

''सर, सुनील के सीने का सीटी स्कॅन कर के देखते हैं।''

उस दौरान सीटी स्कॅन की सुविधा पुणे में अभी अभी ही शुरु हुई थी। दोपहर में सीटी स्कॅन हुआ। शाम को डॉ. शेठ का फोन आया।

''डॉ. शिंदे, व्हेरी बीग सरप्राईज! इस पेशंट के सीने पर जो गाँठ है वह गाँठ न होकर हृदय से फेंफडे की ओर जानेवाली रक्तनलिका में निर्मित हुआ 'बलून' है। ठीक ही हुआ तुम्हारी नजर उसपर गई और सीटी स्कॅन करवाने की बुद्धि हुई! सुरेश, इस योग्य निदान करने के लिए तुम्हे मनःपूर्वक बधाई! अभिनंदन!''

यदि किसी रक्तनलिका को चोट पहुँचे तो वह कमजोर हो जाती है और फिर धीरेधीरे जैसे सायकल के ट्यूब में हवा का दबाव बढने पर कमजोर हिस्से में फुगावा आ जाता है वैसा ही फुगावा रक्तनलिका में आता है। ये फुटने की भी सम्भावना रहती है। सुनील के मामले में बिल्कुल ये ही हुआ था। फेंफडे की शुद्ध रक्तवाहिनी में अधिक प्रेशर न होने के कारण कल सुनील की रक्तवाहिनी लिक होने के बावजूद रक्तस्राव रुका था। अर्थात अब तुरंत ऑपरेशन कर सुनील की रक्तवाहिनी पर आया फुगाव दुरुस्त करना अतिआवश्यक था। ऐसी सर्जरी में उत्तम टीमवर्क और पोस्ट ऑपरेटीव देखभाल की आवश्यकता रहती है। मुंबई में इस प्रकार की सर्जरी आम बात है।

''बाबा, इसकी तुरंत सर्जरी करना होगी, मैं समझता हूँ, इसे मुंबई ले जाना चाहिये।''

''आपके परिचित कोई सर्जन मुंबई में है क्या? इन्हें हम रेफरंस दे पाएँगे। अलावा इसके ये भी विचार करना होगा कि मुंबई का खर्च ये झेल पाएँगे।''

मेरे सामने एक ही नाम आया, बायपास सर्जरी की लिए मशहूर कार्डिओ वॅस्कुलर सर्जन - डॉ. नीतू मांडके!

स्थान - मांडके वाडा, ज्ञानप्रबोधिनी के पास, सदाशिव पेठ, पुणे।

नीतू से मेरा परिचय १९६४ में ज्ञान प्रबोधिनी में हुआ। नीतू एक होनहार, मजबूत कदकाठी का और खेल मैंदान जीतने वाला विद्यार्थी! वो एक साल सिनियर

था। संयोग से बी.जे. मेडिकल में पुनः मिले। नीतू एक बहुमुखी प्रतिभा का धनी। कॉलेज के चुनावों में नीतू आईसीएसआर तो मैं डिबेट सेक्रेटरी के रूप में चुने गए। रौबीली मूँछों के कारण पूरे कॉलेज में मांडके और शहापुरकर ये दोनो 'मुछगुंडे' के रूप में जाने जाते थे। एम. एस. होने के पश्चात् अमेरिका में उसे विश्वविख्यात कार्डिओ वॅस्क्युलर सर्जन डॉ. डेंटन कुली के साथ अगले अध्ययन का अवसर प्राप्त हुआ। स्वाभाविक रूप से नीतू ने इस अवसर का सोना किया। मुंबई वापस आने पर अपने हूनर के कारण शीघ्र ही उसकी कीर्ति पूरे देश में फैली।

"बाबा, मुंबई के डॉ. नीतू मांडके से मैं परिचित हूँ। उनके लिए मैं चिट्ठी दे सकता हूँ, फोन भी कर दूंगा।

डॉ. शेठ ने परिस्थिति की गंभीरता से सुनील के परिजन को अवगत कराया और मुंबई भेजा।

स्थान - सर्जरी विभाग, जसलोक हॉस्पिटल, मुंबई

डॉ. नीतू मांडके अपने नीजि सचिव को पत्र डिक्टेट कर रहे थे।

"प्रिय सुरेश, तुने पेशंट का उचित निदान कर सही समय पर भेजने के लिए अभिनंदन!

सुनील की सर्जरी सफलतापूर्वक सम्पन्न हुई। नो कॉम्लीकेशन्स! किंतु उसका दायां फेंफडा निकालना पड़ा। मुझे विश्वास है वो बचे हुए फेंफडे के साथ भी अच्छी तरह जिंदगी जी सकेगा। इस पेशंट से मैंने एक पैसा भी फीस नहीं ली है। पुअर गाय! हमारे अलावा 'गरीबी' क्या होती है ये कौन जान पाएगा? मुंबई आने पर जरूर मिलना। घर में सभी को प्रणाम!

धन्यवाद!

....नीतू।"

आज इस बात को २५ साल हो जाने के बावजूद नीतू के दोस्ती की खुशबू अभी भी प्रसन्न कर रही है। सुनील अब मस्त है। किंतु जब जब वो मिलता है तो सबसे पहले याद आता है मेरा 'ऑल राऊंडर' हृदयस्थ मित्र - स्व. डॉ. नीतू मांडके!

❖❖❖

दिल में छुपा रहस्यमयी खजाना

''श्री शिवाजी मराठा हाईस्कूल - पुणे के शुक्रवार पेठ में स्थित पुराना और नामी स्कूल। शिक्षणमहर्षि गुरुवर्य श्री बा. ग. जगताप ने ९० साल पूर्व इसकी स्थापना की। गुरुवर्य के परिवार से मेरे पिछले तीस वर्षों से आत्मीय सम्बन्ध। उनकी आरोग्य सम्बन्धी अनेक समस्याओं से मेरा पाला पड़ा।

उन्हीं में से ऐसा ही एक अविस्मरणीय प्रसंग...

जगताप साहब के पोते प्रो. जयप्रकाश जगताप एक उत्तम चित्रकार, लेखक और अभिनव कला महाविद्यालय में कला प्राचार्य थे। १९९० में सर एक दिन पत्नी के साथ मेरे क्लिनिक में आए।

श्रीमती जगताप कहने लगी, ''आजकल सर की तबीयत नरम रहती है, जल्दी थक जाते हैं, सांस फूल जाती हैं, भोजन की मात्रा भी कम हो गई है। आज इसीलिए आपके पास जाँच हेतु लाई हूँ।

जाँच के दौरान मैंने पाया कि सर की जीभ का रंग हमेशा की तरह लाल न होकर हल्का गुलाबी है। हेमोग्लोबीन कम होने का संकेत था। उनकी बाकी शिकायतें शायद इसी कारण से थीं।

''सर, मुझे लग रहा है कि आपका हेमोग्लोबीन कम हुआ है। इसे हम एनिमिया कहते हैं। इसके दो कारण हो सकते हैं। पहला कारण - नया रक्त तैयार होने में लगने वाले घटकों की उपलब्धता कम होने पर हेमोग्लोबीन कम होता है। आहार में लोहतत्व या विटामीन 'बी' (जीवनसत्व) का अभाव होने पर ऐसा होता है। दूसरा मुख्य कारण याने नवनिर्मित रक्त किन्हीं कारणों से बह जाता है। 'हूक वर्म' नामक जंतु अपनी आंतडियों में रहकर अपने रक्त का शोषण करते हैं या पेट के 'अल्सर' या 'बवासिर' के माध्यम से रक्त बह जाता है जिससे रक्तक्षय या एनिमिया पैदा होता है।''

सर जैसे स्वस्थ व्यक्ति एनिमिक कैसे हो गए, समझ से परे था। इसीलिए रक्त की कुछ जाँचें, शौच की जाँच, छाती का एक्स-रे, पेट की सोनोग्राफी आदि

जाँचें करवाकर दूसरे दिन आने को कहा। दूसरे दिन जाँच रिपोर्टों के साथ दम्पत्ति फिर हाजिर। अपेक्षानुरुप सर के खून में हेमोग्लोबीन की मात्रा पंधरा ग्राम की बजाए केवल आठ ग्राम थी। अर्थात पचास प्रतिशत कम। सोनोग्राफी रिपोर्ट नॉर्मल थी। छाती के एक्स-रे में उनके हृदय का आकार लगभग दोगुना हुआ दिख रहा था।

''सर, आपके एक्स-रे में थोडा दोष दिख रहा है। आपकें दिल का आकार काफी बढ गया है। आपका हेमोग्लोबीन कम होने के कारण भी ये सम्भव है। हमें अब ईसीजी लेना होगा।''

हमारे हृदय का स्पंदन हमारे गर्भावस्था के पांचवे हफ्ते से शुरु हो जाता है और जिंदगीभर चलता रहता है। हमारे हृदय की जानकारी उसकी विद्युत लहरों के आलेख से ईसीजी द्वारा प्राप्त होती है। ये थोडी जानकारी देते देते मैं ईसीजी ले रहा था। लेकिन सर मंदगति से मुस्कुरा रहे थे।

''डॉक्टर, मेरा हृदय है ही बडा। मुझे कोई तकलीफ भी नहीं होती। दस बारह वर्ष पूर्व मेरे एक मित्र डॉक्टर ने ससून हॉस्पिटल में मेरे 'विशाल हृदय' की सारी जाँचें कर ली थी। उन्हें कुछ नहीं मिला था। मेरा हृदय जन्म से ही बडा होने का प्रमाणपत्र भी दिया था।''

अबतक ईसीजी निकाला जा चुका था। सचमुच, नॉर्मल था।

''सर, आपने जब जाँच की थी तब से अब तक एक नयी जाँच प्रक्रिया उपलब्ध है। अब हम हृदय की सोनोग्राफी करते हैं। सोनोग्राफी याने मानव जीवन के लिए प्राप्त 'तीसरा नेत्र'!'' इस 'इको' टेस्ट में हम हृदय में अतिकंपनीय ध्वनितरंग छोड उनकी प्रतिध्वनि का अभ्यास कम्प्यूटर के माध्यम से करते हैं। जिसमें हृदय की प्रतिमा तो दिखती ही है लेकिन हृदयक्रिया का चलचित्र हमें कम्प्यूटर पर दिखता है। हृदय के स्नायुओं का कार्य, रचना व कार्यों की जानकारी हमें 'इको टेस्ट' से पता चलती है। हमारे हृदय के चारों तरफ जो आवरण होता है उसे हम 'पेरिकार्डियम' कहते हैं। पेरिकार्डियम की थैली के खाली भाग में हमारा हृदय स्पंदन करता है। कुछ बीमारियों में इस खाली भाग में पानी जमा होने से एक्स-रे में हृदय का आकार बढ़ा हुआ लगता है। इसीलिये आपकी ये जाँच करने पर उचित निदान करने में मदद मिलेगी। ऐसा कहकर मैंने उन्हें पुणे के एक बड़े हॉस्पिटल में 'इको' करवाने भेजा।

जगताप दम्पत्ति लगातार तीसरे दिन अब इको की रिपोर्ट लेकर चिंताग्रस्त चेहरों के साथ मेरे पास आए। रिपोर्ट मुझे फोन के माध्यम से पहले ही मिल चुकी थी। जो कि पूरीतरह नॉर्मल थी।

''सर, अभिनंदन! रिपोर्ट ओ.के. है। अभी के लिए अब जाँचें समाप्त। शायद उचित आहार के अभाव में रक्त की कमी हो गई है। कुछ और जाँचें भी हैं, लेकिन उन्हें करने के पहले एक महिना रक्त की बढ़ौनी करनेवाली दवाईयाँ लीजिए। यदि रक्त में बढ़ौतरी नहीं हुई तो फिर अगली जाँचें करवानी ही पडेगी।'' ऐसा कहकर मैंने सर के लिए दवाईयाँ लिखकर उन्हें समझा दिया।

जंतुओं की दवा, लोहयुक्त गोलियाँ और विटामिन बी के इंजेक्शन का प्रिस्क्रिप्शन व आहार विषयक सलाह देकर एक माह बाद फिर से हेमोग्लोबीन की रिपोर्ट लेकर उन्हें बुलाया।

सर ने अगले तीन माह दवा नियमित रूप से ली, उन्हें आराम मिला। हेमोग्लोबीन नॉर्मल हुआ। लेकिन उनका एक्स-रे वैसा ही आया। ये बात मुझे न जँच रही थी न पच रही थी। किंतु सर को उससे कुछ तकलीफ न होने से मैनें अगली जाँच के लिए आग्रह भी नहीं किया।

अगले चार-पाच साल ऐसे ही निकल गए। एक शाम जगताप सर फिर मेरे क्लिनिक आए। ''मैं रोज सुबह घुमने जाता हूँ। लेकिन पिछले कुछ दिनों से चलने पर मेरी सांस फूल रही है और नई शिकायत याने छाती भरकर धकधक करती है।

सर की जीभ अब पहले जैसी फिकी नहीं दिख रही थी। अर्थात अब एनिमिया की समस्या नहीं दिख रही थी। लेकिन ईसीजी में हृदयगति अनियमित थी।

''सर, आपके अब की बार के लक्षण ज्यादा गंभीर लग रहे हैं। तुरंत हॉस्पिटल में भर्ती होकर जाँचें करना होगी। हृदय को रक्त की आपूर्ति में बाधा होने की सम्भावना है। ईसीजी में दिल की धडकन अनियमित प्रदर्शित हो रही है।''

जगताप सर, मेरी सूचना को सरमाथे पर लेकर पुणे हॉस्पिटल में भर्ती हो गए।

मेरे पेशंट देखने के पश्चात रात्री में मैं उन्हें देखने गया। उनसे सबद्ध किए ईसीजी मॉनिटर पर रिपोर्ट नॉर्मल दिख रही थी। स्पंदन नियमित था। सर ने स्वयं के हृदय का गहन अभ्यास किया था।

''डॉक्टर, मैं तुम्हें मेरे हृदय की धडकन अनियमित कर दिखा सकता हूँ।''

ऐसा कहकर वे बेडपर बैठ गए और आगे झुककर उन्होंने पैर की अंगुलियाँ पकडी। और क्या आश्चर्य, उनके ईसीजी के आलेख में धडकनें अनियमित हो गई।

''अब मैं फिर से मेरा ईसीजी 'नॉर्मल' कर दिखाता हूँ।'' ऐसा कहकर वे बेडपर लेट गए और सचमुच उनका ईसीजी नॉर्मल कम्पन दिखा रहा था।''

इस आश्चर्यजनक स्थिति का मेरे पास कोई जबाब नहीं था।

''संसार में प्रत्येक बात के लिए कोई न कोई कारण अवश्य रहता है। हम कल आपका इको टेस्ट करेंगे, आवश्यकता पडने पर 'एंजिओग्राफी' भी करेंगे जिससे हृदय के लिये रक्त की आपूर्ति में यदि कोई बाधा उत्पन्न हुई हो तो पता चलेगा।''

दूसरे दिन 'इको' टेस्ट हुई। इस बार विख्यात हृदयरोग विशेषज्ञ डॉ. जगदीश हिरेमठ ने की। इको टेस्ट के समय उपयोग में आनेवाला 'प्रोब' छाती के बायीं ओर लगाया जाता है। उसके रखने के स्थान निश्चित रहते हैं। सर के हृदय का आकार बड़ा होने से कुछ हिस्सा छाती के बायीं ओर भी था और कुछ हिस्सा दायी ओर भी था। सिर्फ उत्सुकता या अभ्यासक के नाते डॉ. हिरेमठ ने 'प्रोब' को सर के छाती के दायीं ओर भी लगाया और क्या आश्चर्य! उन्हें दिखा कि सर के हृदय के दायी ओर और पास ही में लेकिन पेरिकार्डियम के खाली हिस्से में क्रिकेट बॉल के आकार की एक गाँठ, ट्यूमर है। इको टेस्ट ने ही सर का निदान कर दिया था। पिछले अनेक वर्षों से ये गाँठ सर के हृदय की पडौसन बन कर बैठी थी और अत्यंत धीमी गति से बढ़ रही थी। हमेशा के एक्स-रे में ये गठन और हृदय दोनों की मिलकर एक ही छाया, शैडो दिखती थी। ये रहस्य आज खुला था। डॉ. हिरेमठ ने फोन कर के ये 'ब्रेकिंग न्यूज' मुझे बताई तब उनके आवाज में जो खुशी थी वह अवर्णनीय थी।

उस दौरान पुणे में 'एम. आर. आई. स्कॅन' नामक मशिन का आगमन नया नया ही हुआ था। दूसरे दिन सर के हृदय का एमआरआई स्कॅन करवाया। स्कॅन में हृदय के पडोस में ट्यूमर स्पष्ट दिख रहा था और उसका दबाव अब रक्तवाहिनियों पर आने लगा था। इसी कारण किन्हीं विशिष्ट शारीरिक हलचलों से सर की हृदयक्रिया अनियमित हो रही थी। सर ने अभ्यास किए हुए विचित्र लक्षणों का चिकित्सकीय कारण अब उजागर हुआ था।

अगले दो दिनों में ही ट्यूमर का आपरेशन डॉ. सुधीर भाटे ने किया।

सर के सौभाग्य से ये ट्यूमर फैला नहीं था। अर्थात सामान्य गाँठ थी। कॅन्सर नहीं था। सबसे आश्चर्यजनक बात थी लगभग पांचसौ ग्राम वजन के ट्यूमर में एक खाली हिस्सा था और उसमें था बालों का एक गुच्छा और कुछ दांत! 'टेरॅटोमा' नामक यह विचित्र ट्यूमर गर्भावस्था में ही गर्भपेशीयों से बनता है इसलिए उसमें बाल और दांत होते हैं। टेरॅटोमा के बालों की गुन्थियों में उलझा हुआ सर का हृदय अब बन्धनमुक्त होकर एक्स-रे में आप के और हमारे हृदय जैसा ही 'नॉर्मल' दिखाई दे रहा था।

❖❖❖

डॉक्टर, मुझे हाथ दो

वर्ष १९६७ में पुणे के बॅरामजी जीजीभॉय महाविद्यालय में प्रवेश कर मेरे चिकित्सकीय जीवन का श्रीगणेश हुआ। बी. जे. मेडिकल कॉलेज से एम. बी. बी. एस करते हुए साढ़े पाँच साल का समय कैसे बीत गया, पता ही नहीं चला। इसी दौरान अनेक विद्वान, यशस्वी डाक्टरों, शिक्षकों से परिचय हुआ। उनके जीवन के अनेक पहलू समझने, जानने के बाद मेरे मन में भी उनके ही जैसा बनने की इच्छा जागृत हुई। वो भी बी. जे. के प्रांगण में ही। यहीं एक से एक धुरंधर, धन्वंतरी डॉक्टर्स से मार्गदर्शन प्राप्त करने का अवसर मिला। उनके प्रगाढ़ ज्ञान और अनुभव का फायदा लेने हेतु उनके 'बेडसाईड क्लिनिक्स' में जाने का मौका हमने कभी नहीं गंवाया। प्रख्यात अस्थिरोग विशेषज्ञ डॉ. के. एच. संचेती के 'क्लिनिक' का समय रात्री दस से बारह बजे तक रहता था। परंतु उनके सिखाए हुए कुछ बोधवाक्य मैं आज भी नहीं भूला हूँ। ऐसा ही एक और विद्यार्थीप्रिय व्यक्तित्व था, सुप्रसिद्ध स्त्रीरोग विशेषज्ञ डॉ. एच. एन. फडणीस!

हमारे हॉस्पिटल की बैच क्रमांक '१५१' का नामांकन डॉ. फडणीस की युनिट में होने के कारण, 'स' एवं 'श' के उपनामों वाले हम दस दोस्तों को बहुत खुशी हुई थी। डॉ. फडणीस याने एक बहुत ही उमदा व्यक्तित्व। पौने छह फुट की विशाल देहयष्टि एवं घनी मूँछोंवाला यह आकर्षक व्यक्तित्व वेशभूषा के मामले में भी बहुत अच्छा था। सुंदर थ्रीपीस सूट और उसके जैकेट पर लगाई हुई एंटिक घड़ी और इसी के साथ उनके विषय में अपार ज्ञान होने के कारण जाने-अनजाने ही यह व्यक्ति मेरा रोल मॉडल बन गया। समय की पाबंदी और विद्यार्थियों को सिखाने का शौक उनकी विशेषता थी। आगे आने वाले कुछ वर्षों में उन्होंने यह वेशभूषा त्याग कर भगवा वस्त्र स्वीकार कर लिए। उनके द्वारा भगवान रजनीश के हाथों 'स्वामी अजित सरस्वती' ऐसी दीक्षा लेने के बाद मेरे मन में इस व्यक्ति के लिए आदरभाव (दोगुना) हो गया।

जिन की किसी के साथ भी तुलना नहीं हो सकती ऐसे मेरे ये सर मेरे मन में घर कर बैठने के लिए जो घटित हुआ ऐसा एक प्रसंग मैं कभी भी नहीं भूल सकता।

चिकित्सकीय पाठ्यक्रम के अनुसार हमें बीस प्रसुतियाँ देखने एवं सीखने की सख्ती थी। इस कारण दिन भर कॉलेज खत्म होने के बाद सप्ताह में जिस भी दिन हमारी यूनिट में 'इमर्जन्सी' रहती थी; उस समय हम दिन और रात में 'लेबर रूम' या प्रसूति विभाग में रुकते थे। प्रसूत होने वाली स्त्री के आने पर उसकी जानकारी लिखते और डिलीव्हरी होने तक फॉलोअप करते थे और हमारी डायरी में नोट करते थे। फडणीस यूनिट के 'रेसिडेंट रजिस्ट्रार डॉक्टर' थे डॉ. सुरेश देशपांडे। वे बहुत ही सरल, मेहनती एवं, मन लगाकर काम करनेवाले, सीखने एवं सिखाने का शौक रखने वाले व्यक्ति थे।

ऐसे ही एक दिन शाम को, हम सभी छात्र केस की जानकारी लेने के लिए ऑपरेशन थियेटर के प्रसूति कक्ष अर्थात लेबर रूम में दाखिल हुए। हिस्ट्री नोट करने का काम हमारी बैच की मीना सुब्रह्मण्यम ऊर्फ सुब्बू कर रही थी। आज जुन्नर के प्राथमिक आरोग्य केंद्र ने एक पेशंट का 'जटिल केस' ससून को भेजा था। डॉ. देशपांडे और पेशंट के माँ के बीच चल रही बातचीत के दौरान हम हमारी डायरियों में हिस्ट्री लिख रहे थे। पेशंट सखुबाई को गत दो दिनों से प्रसूति वेदना हो रही थी। गर्भाशय में पानी की थैली फटकर उसमें से पानी बह जाने के बाद भी कई घंटे निकल गए थे। वास्तव में तो अभी तक पेशंट की डिलीव्हरी हो जानी चाहिए थी। पर नहीं हो रही थी, उसे अत्यन्त वेदनाएँ हो रहीं थीं, और अचंबित करनेवाली बात यह थी कि शिशु का हाथ योनिमार्ग से बाहर आ गया था। डॉ. देशपांडे बता रहे थे कि सखुबाई को बच्चे की हलचल महसूस नहीं हो रही है, शायद बच्चे की पेट में ही मृत्यु हो गई है। इसके अलावा फेटोस्कोप में बच्चे के 'हार्ट साउण्डस' सुनाई नहीं दे रहे थे। उस समय सोनोग्राफी यंत्र का शोध नहीं हुआ था और बच्चे के दिल की धड़कन की आवाज तेज करके सुनने का यंत्र 'फीटल डॉपलर' कुछ खास हॉस्पिटलों में ही उपलब्ध था। आजकल सोनोग्राफी यंत्र हर गाँव-शहर में उपलब्ध है इसलिए पुराने जमाने में बच्चे के दिल की धड़कन सुनने हेतु उपयोग किया जाने वाला 'फंटोस्कोप' नामक एल्युमिनियम धातू का 'यंत्र' अब संग्रहालयों में जमा हो चुका है। बच्चे का हाथ माँ के योनिमार्ग से झाँक रहा था, अर्थात 'हैण्ड-प्रोलॅप्स' हो चुका था। ऐसी स्थिति में बच्चा मृत होने पर सिझेरियन करने की बजाय, स्त्री को बेहोश कर के बाहर आया हुआ हाथ वापस गर्भाशय में धकेला जाता है और बच्चे को गर्भाशय

में घुमाकर पाँव की तरफ से प्रसूति की जाती है। इस क्रिया को 'पोडॅलीक व्हर्शन' कहते हैं।

''पर सर, बच्चे का सिर बड़ा होने के कारण यदि नैसर्गिक प्रसूति नहीं हो रही हो फिर रिपोझिशनिंग भी कैसे हो सकती है?'' हमारी बैच की एक भावी स्त्री-रोग विशेषज्ञ ने पूछा।

डॉ. देशपांडे बोले, ''अरे बेटा! अगर बच्चा मृत हो गया हो तो उसका (मस्तिष्क) द्रव्यावस्था में होता है और इस कारण सिर का आकार छोटा हो जाने के कारण डिलीव्हरी हो सकती है। अगर कोई प्रॉब्लम हुई तो इंजेक्शन के सहारे हम मस्तिष्क का द्रव निकाल कर हेडसाइज छोटा कर सकते हैं। अब मुझे डॉ. फडणीस की अनुमति लेनी होगी, फिर हम आगे की प्रकिया चालू करते हैं।'' इतना कहकर डॉ. देशपांडे ने डॉ. फडणीस को फोन लगाया। फडणीस सर का उत्साह और जिम्मेदारी का बोध दोंनों ही जबरदस्त था।

डॉ देशपांडे, आप सारी तैयारी कर के रखिए। प्रोसिजर आप ही करेंगे और मैं आपके पीछे खड़ा रहूँगा। मैं ओपीडी खत्म कर के आठ बजे तक पहुँचता हूँ।'' ऐसा फडणीस सर ने डॉ. देशपांडे को फोन पर बताया। विशेषज्ञ डॉक्टर पैसे की आशा न रखते हुए अपनी निजी प्रैक्टिस के अलावा सेवा देने हेतु ससून में आते थे।

आठ बज गए थे। कैंटिन बंद होने के पहले चाय और आलुबड़े खाकर हम लोग ऑपरेशन रूम में पहुँच चुके थे। बराबर आठ बजे डॉ. फडणीस भी गाऊन पहनकर ऑपरेशन थियेटर में आ चुके थे। सिस्टर इंचार्ज ने आधा टेबल फोल्ड करके सखुबाई को लिथॉटॉमी पोजिशन देकर रखा था। सखुबाई पूरे होश में थी और उसके दोनों पैर ऊपर की तरफ अटकाए हुए थे। उसके पेट पर स्टेराईल टॉवेल लगा रखा था और उस टॉवेल के गोल छेद में से बच्चे का हाथ झाँक रहा था। टेबल के सामने सर्जिकल गाऊन और ग्लोव्हज पहन कर डॉ देशपांडे बैठे थे और उनके ठीक पीछे डॉ. फडणीस सर खड़े थे। उनके पीछे गाऊन, मास्क और टोपी पहनकर हमारी बैच खड़ी थी।

फडणीस सर डॉ. देशपांडे को सूचना दे रहे थे और बीच-बीच में हमसे प्रश्न कर उनके उत्तर भी वही दे रहे थे। अचानक फडणीस सर डॉ. देशपांडे की पीठ थपथपा कर बोले, ''सुरेश, जरा उठो तो!'' कोई गलती तो नहीं हुई, इस डर से डॉ. सुरेश सकपका गए।

डॉ. फडणीस - ''सिस्टर गुजर; यह प्रोसिजर तुरंत रोकिए। पेशंट का बेड सीधा कीजिए और इमर्जन्सी सिझेरियन की तैयारी कीजिए।''

सिस्टर - ''इन्स्ट्रुमेंटस ट्रे तैयार है, पर एनेस्थेटीस को आने में आधा घंटा लग जाएगा।''

डॉ फडणीस ''इतना समय नहीं है। अर्जेन्ट ऑपरेशन करना पड़ेगा। लोकल एनेस्थेशिया दे कर करते हैं। बेहोश करने के लिए झायलोकेन का बल्ब लगेगा। मुझे झायलोकेन सिरींज में भरकर दीजिए। मैं वॉश लेकर आता हूँ।

अगले एक मिनिट में ऑपरेशन रूम का रुप ही बदल गया। डॉ. फडणीस खुद सिझेरियन करने वाले थे। ऐसी तीन-चार शस्त्रक्रियाएँ हमने देखी थीं, पर यह सबसे अलग थी। इसमें पेशंट को जनरल अथवा स्पाइनल एनेस्थेशिया न देते हुए केवल लोकल एनेस्थिशिया दिया जाना था। ऐसा 'तत्काल' ऑपरेशन हम पहली बार ही देख रहे थे। अभी तक ऐसे प्रसंग मैंने जॉर्ज सावा या रिचर्ड गॉर्डन की कथाओं में ही पढ़े थे। सर ने पेशंट के कान में कुछ बोला और उनका काम शुरू किया। सखु के पेट पर उंगलियाँ घुमा कर उन्होंने गर्भाशय का अंदाज लिया। इधर-उधर न देखते हुए उन्होंने उसके पेट पर सीधी लाईन में झायलोकेन के इंजेक्शन देना शुरू किया। अगले दो मिनिट में सर ने स्कालपेल से सखूबाई के पेट को चीर देकर गर्भाशय की थैली का अंदाजा लिया और तुरंत स्कालपेल से उसमें छेद कर हलके हाथों से एक नवजात शिशु को अगले ही क्षण बाहर निकाल कर डॉ. देशपांडे के हाथों में रख दिया। सिस्टर गुजर बच्चे की नाल काट रही थीं और कृष्णजन्म का यह अद्भुत प्रसंग देखते हुए मुझे मायकल एजेंलो की पेंटिंग 'द क्रिएशन ऑफ मैंन' की याद आ गई।

डॉ देशपांडे आगे की सूचनाओं की राह न देखते हुए कोने में जाकर बच्चे के रेस्पिरेशन की तैयारी कर ने लगे। बच्चे के दोनों पैर अपने हाथ में पकड़कर उसे हवा में उलटा किया और उसके मुँह में उंगलियां डालकर श्वास मार्ग को खोल दिया। अगले १५ सेकेण्डस में बच्चा जोर से रोया और डॉ फडणीस सहित हम सभी की आँखें भर आईं। फडणीस सर गर्भाशय सीने की तैयारी में लग गए। सिस्टर आगे की स्टेप पहचान कर खुद ही उन्हें औजार, सुई, धागे दे रही थी। हम सभी सब कुछ भूलकर यह दृश्य देख रहे थे।

ऑपरेशन खत्म कर सर पेशंट से बोले; ''बाई, सब ठिक है, आपको बेटा हुआ है। एकदम स्वस्थ है वो! अब आप आराम से सोइए।'' सखूबाई के आँसू अविरत बह रहे थे। अपनी अधखुली आँखों से वह उस देवदूत की धुँधली मूर्ति अपनी आँखों में समेटने का प्रयास कर रही थी।

डॉ फडणीस वापस जाने को निकलने वाले थे। डॉ देशपांडे सर का कोट लेकर खडे थे। हमारी बैच की भावी बाल-रोग विशेषज्ञ 'सुब्बु' ने सर से पूछा, 'सर, आपने कैसे पहचाना की बच्चा जिंदा है?''

उसके प्रश्न की प्रशंसा करते हुए सर बोले, ''जब सखुबाई के योनिभाग को सेव्हलॉन लगाकर जंतुरहित करने की प्रक्रिया चल रही थी, तब बच्चे के हाथ पर भी सेव्हलॉन की बूंदें गिरी और उसके ठंडे स्पर्श के कारण बच्चे ने तुरंत उंगलियाँ हिलाईं।

अर्थात् यह 'करपल्लव' देखे सभी ने, पर समझे केवल डॉ फडणीस जैसे देवदूत ने! कोई मुझे हाथ दो, ऐसा बोलने वाले उस बालक को डॉ. फडणीस ने हाथ दिया।

❖❖❖

अमृत या जहर?

डॉक्टर, आप तितलियाँ पसंद करते हैं? हमारा गांव सुंदर तितलियों के लिए प्रसिद्ध है। तितलियों का 'राजा' कही जानेवाली 'मोनार्क' प्रजाती की तितलियाँ देखने अनेक प्रकृति प्रेमी हमारे गांव हमेशा आते रहते हैं। आप भी हमारे फॉर्महाऊस आकर वहाँ के प्राकृतिक सौंदर्य का और हमारे फलबगीचे का आनंद लीजिए।

तितली देखने आने का निमंत्रण देनेवाले इस नौजवान पेशंट की पहली मुलाकात मेरे स्मरण में है। एक साल पहले पराग के पिताजी उसे लेकर मेरे क्लिनिक में आए थे। किसी पेशंट को देखने से ही उसे क्या बीमारी होगी यह तर्क लगाने का मोह हम डॉक्टर लोग कभी टाल ही नहीं पाते हैं। मंकी कॅप पहने पराग को देखकर मैंने मनहीं मन सोच रखा था कि इसे जरूर टायफॉइड हुआ है। लेकिन पराग के मामले में पहली नजर में मेरा निदान गलत निकला था। क्यों कि पराग की टोपी के पीछे छुपी थी बालों की विचित्र बीमारी - 'अलोपेशियाँ एरियाटा'!

बाल झडने की इस बीमारी को गंजापन कहते हैं। पराग के सीर पर अनेक जगह बाल झडकर गंजापन आ गया था। और बचे हुए बाल उसने बारीक करवा लिये होने के कारण जैसे दुनिया का नक्शा ही उसके माथे पर बन गया था। ये छुपाने के लिए पराग टोपी पहनने लगा था। अनेक चर्मरोग विशेषज्ञ, वैद्य, होमियोपैथी आदि सलाह व दवाईयाँ लेने के बावजूद पराग की बीमारी में बाल बराबर भी फर्क नहीं हुआ था। मेरे हाथों ठीक हुए एक पेशंट की सिफारिश पर उसके पिताजी उसे मेरे पास लाए थे। चिकित्सकीय पेशे में व्यवसाय की नीतिमत्ता के चलते हम डॉक्टर विज्ञापन नहीं कर सकते। लेकिन हमारे हाथों ठीक हुए मरीज ही अपने परिजनों, परिचितों, मित्रों को हम डॉक्टरों की तारीफ कर सलाह देकर विज्ञापन का काम करते हैं।

पराग के पिताजी की इच्छा के अनुसार उनके आग्रह पर मैंने पराग को हॉस्पिटल में भर्ती कर उसकी बीमारी के इलाज के लिए जाँचें करवाना स्वीकार किया।

बालों की बीमारी की जानकारी लेते समय बालों का शरीरशास्त्र समझ लेना आवश्यक होता है। हमारे सिर पर लगभग एक हजार करोड बाल रहते हैं। प्रत्येक बाल की जड़ त्वचा में होती है। ये बाल प्रोटिन से बनते हैं। केशमूल सतत बाल बनाने की प्रक्रिया में होते हैं। बालों की लम्बाई बढ़ाने का कार्य हार्मोन्स करते हैं। एक निश्चित स्तर तक बढने के बाद बाल झड़ जाते हैं और उनकी जड़ें कुछ समय विश्राम करती हैं। ये जड़ें विश्राम के पश्चात् फिर से बालों का उत्पादन शुरु करती हैं। हमारे सिर पर लगभग दस प्रतिशत जड़ें हमेशा विश्रामरत रहती है किंतु फैली हुईं होने के कारण नजर नहीं आती। पराग के सिर पर बीमारी के कारण सभी केशमूल एकसाथ विश्राम अवस्था में गए थे या कुछ बीमारी के कारण नष्ट हो गए थे।

पराग के बालों की बीमारी के अनेक कारण, संभावित थे। पाचनतंत्र का बिगाड़, जंतू, संक्रामक फफूंद, कीडे लगे दांत, शरीर के किसी भाग में सेप्टिक फोकस, पंडुरोग, दृष्टीदोष और इसी के साथ सभी केशमूल नष्ट कर सकनेवाली 'केशमूलकों के लिए घातक एँटिबॉडीज' ऐसे अनेक कारणों का हमने अध्ययन किया। किंतु कोई सूत्र या नया शोध प्रबन्ध नहीं मिला। ऐसे कुछ मरीजों को गेहूँ में ग्लुटेन नामक जो प्रोटिन होता है उसकी एलर्जी होकर ऐसी बीमारी हो सकती है। अत: गेहूँ का आहार टालने और प्रोटिनयुक्त आहार लेने की सलाह देकर पराग को रवाना किया। उसके बाद पराग नियमित रुप से मेरे क्लिनिक में आता रहा। उत्तम आहार से उसके स्वास्थ्य में तो सुधार हुआ ही किंतु सिर पर थोडे थोडे बाल भी उगने लगे थे। कुछ दिनों बाद उसका आना बंद हुआ और मैं भी व्यस्तता के चलते पराग को भूलता गया।

''सर, चिंतामणी हॉस्पिटल से डॉ. ऋतुपर्ण सर का फोन है।'' मेरे क्लिनिक की स्वागतिका बोली। मेरा सुपुत्र ऋतुपर्ण जो हृदयरोग विशेषज्ञ हैं, उसका फोन था।

''हॅलो ऋतु, क्या प्रॉब्लेम?''

''बाबा, एक विचित्र केस में उलझा हूँ। बीस साल का एक लडका यहाँ भर्ती है। सुबह से उसे उल्टी-दस्त लगे हैं। पेटदर्द है।''

''अरे फिर विचित्र क्या है?''

''बाबा, उसका बीपी ठीक है लेकिन पल्स केवल ३५ है।''

''मोस्ट सरप्राइजिंग!''

अपने हृदय की धडकने सामान्य रुप से प्रतिमिनट बहत्तर होती है, लेकिन इसकी तो ३५ ही थीं।

"बाबा, मैंने उसका ईसीजी लिया है और उसमें उसका 'कम्प्लीट हार्ट ब्लॉक' दिख रहा है।"

हमारा हृदय-दिल एक चमत्कार भरा अंग है। गर्भावस्था में पांचवे माह में शुरु हुआ स्पंदन सोनोग्राफी यंत्र में स्पष्ट दिखता है। ये स्पंदन क्रिया चलने तक व्यक्ति जिंदा रहता है। हृदय की गति अपने शरीर की आवश्यकता के अनुसार भेजे से नियंत्रित होती है। हृदय की गति किसी प्राणी के शारीरिक आकार के विपरित मात्रा में होती है। हाथी की धडकन प्रतिमिनिट बीस और तीतली की २० हजार रहती है। हृदय का स्पंदन 'पेसमेकर' नामक पेशी से शुरु होता है। यहाँ निर्मित विद्युत संदेश हृदय के चारों खानों के स्नायुओं तक पहुँचाने का कार्य विद्युत वाहक तंतुओं के माध्यम से होता है। इन तंतुओं के कार्यों में किन्हीं कारणों से बाधा निर्मित होने पर 'कम्लीट हार्ट ब्लॉक' की स्थिति निर्मित होती है। ऐसे संकट काल में वास्तव में तो हृदयक्रिया ही बंद हो जाती है लेकिन ऐसे समय हृदय की पेशियों में नई पेसमेकर प्रक्रिया शुरु हो जाती है और जान बच जाती है। किंतु ये संकटकालीन पेसमेकर बहुत धीमा होता है। ऐसी धीमी हृदयगती में शरीर का कार्य चलना कठीन होता है। इसका इलाज शरीर के बाहर से हृदय को विद्युतीय झटके देकर हृदयक्रिया को कृत्रिम रुप से गति दी जाती है। यदि कुछ दिनों में हृदय के वाहक तंतु फिर से काम न कर पाएँ तो ऐसी मशीन हमेशा के लिए लगानी पडती है। ये सुविधा चुनिंदा हॉस्पिटलों में ही उपलब्ध रहती है।

"बाबा, ये लडका आपका पुराना पेशंट है ऐसा उसके पिताजी बता रहे थे। उनकी इच्छा आपकी निगरानी में उसे पुना हॉस्पीटल में भर्ती करने की है। मैं उसे शिफ्ट करवा रहा हूँ। शायद संक्रमण के कारण उसके हृदय पर सूजन है। लेकिन बीपी नॉर्मल होने से पेसमेकर की तुरंत आवश्यकता महसूस नहीं हो रही है। लेकिन आईसीयू में रखना ठीक होगा।"

"ठीक है। मैं यहाँ का काम खत्म होते ही वहाँ जाऊँगा!"

फोन बन्द कर ऐसे पेशंट के आगमन की सूचना मैंने पुना हॉस्पिटल को दी।

शाम को पुना हॉस्पिटल के आगमद्वार पर ही पराग के पिताजी मिले।

"आप यहाँ कैसे?"

"सर, पराग को यहीं भर्ती किया है। ऋतु सर ने आपको फोन पराग के लिए ही लगाया था!"

"अच्छा! कहकर मैं तुरंत आईसीयू में घुसा। सामने के बेडपर ही पराग था। उसके सीने से जोड़ा हुआ मॉनिटर हृदयगति बता रहा था 'चालीस' और

बीपी ९०/६०! खुशी इस बात की थी कि ऑक्सिजन की मात्रा १००% थी। कुल मिलाकर दिल का स्लो रेट छोडकर पराग के बाकी वायटल्स स्टेबल थे। ईसीजी हार्ट ब्लॉक दिखा रहा था।

''सर, हमने टेम्पररी पेसमेकर की तैयारी कर रखी है। किंतु लगता है शायद ही आवश्यकता पड़े। आपके आदेशानुसार एट्रोपिन इंजेक्शन हर चार घंटे में और अलूपेंट की ड्रीप चालू है। आईवी फ्लूइ्स और एंटिबायोटिक भी दे रहे हैं। और कुछ?''

''बाकी कुछ नहीं लेकिन आप व्यवस्थित ध्यान दीजिए। रात में हर दो घंटे में नोट्स लिखें और सुबह छह बजे मुझे प्रोग्रेस सूचित करें। मुझे ढ़ीलमपोल पसन्द नहीं। मैं आधी रात भी अकस्मात राऊंड पर आ सकता हूँ।''

ड्यूटी डॉक्टर्स नये होने के कारण उन्हें ये सब बताना जरुरी था। पराग की पूर्ण जाँच कर और उसके केस पेपर्स पर मेरे निरीक्षण नोट कर मैं बाहर निकला। पराग के पिताजी मेरा इंतजारही कर रहे थे।

''सर, अब पराग कैसा है? 'आऊट ऑफ डेंजर' है क्या?'' उनकी आवाज काँप रही थी।''

''देखिए, पराग स्टेबल है, डरें नहीं। लेकिन अभी खतरा टला नहीं है। हम सारे प्रयास कर रहे हैं। मुझे विश्वास है कि वो जरुर ठीक होगा। किंतु उसकी बीमारी का कारण अभी भी अज्ञात है। जंतुसंक्रमण के कारण ही उसके दिल पर सूजन है। कोई और दवाई ले रहा था क्या?''

पराग के एलोपेशिया की याद ताजा होने के कारण मैंने पुछा। मेरे पूछने का उद्देश्य वे समझ गए थे। मेरा हाथ अपने हाथ में लेते हुए वे बोले, ''सर, आपके प्रश्न का संदर्भ मैं समझ सकता हूँ। पराग ने उसके बालों की चिंता करना बन्द कर दिया था। एक बात आपको बताना बेहद जरुरी है। पराग पिछले छह माह से रोज सुबह 'गिलोय' का काढ़ा ले रहा था। वो और उसकी माँ, दोनों ले रहे थे। गिलोय औषधी रोग प्रतिकार शक्ति में वृद्धि करती है। वैद्यों के अनुसार कॅन्सर जैसे दुर्धर रोगों में भी वो उपयोगी है। मेरी पत्नी पिछले पाँच वर्षों से कॅन्सरग्रस्त होने से नियमित रुप से ये काढ़ा लेती है। आज भी दोनों ने लिया था। लेकिन दोनो आज शिकायत कर रहे थे कि आज का काढ़ा अधिक काला और कुछ ज्यादा ही कड़वा लग रहा था।

पराग के पिताजी ने दी हुई जानकारी सुनकर मैंने उसे ज्यादा तवज्जो नहीं दी। क्यों कि उस काढ़े के कारण ही कुछ होना होता तो दोनों को होता और पराग की माताजी तो पांच साल से ले रही थी। इसीलिए इस काढ़े की 'हिस्ट्री' बीमारी

के कारणों में नीचे के क्रमांक पर सरका दी। 'पराग निश्चित ही ठीक होगा!' ऐसा आश्वासन पराग के पिताजी को देकर मैं हॉस्पिटल से बाहर निकला।

सुबह छह बजे फोन की घंटी से नींद खुली। आईसीयू के डॉक्टर थे। पराग का स्वास्थ्य 'यथास्थिति' में था। ६०० मि. लि. यूरीन हुई थी। बीपी थोडा कम होने के बावजूद किड़नी का कार्य संतोषजनक था। हार्टब्लॉक कम होने के कोई लक्षण नहीं दिख रहे थे।

डॉ. ऋतु राऊंड पर निकलने की तैयारी में थे। वे मेरी अपेक्षा काफी पहले घर छोड देते थे इसलिए वे पराग की जाँच कर मुझे फोन से सूचित करनेवाले थे। सुबह के आठ बजे थे। अचानक पराग के पिताजी का घबराई हुई आवाज में फोन आया।

''सर, कुछ अनहोनी हो रही है। मेरी पत्नी को भी पराग के समान ही तकलीफ हो रही है। वो कल से ही ठीक नहीं थी, केवल पराग की चिंता में कल का दिन सहन कर गई। आज जब दर्द असहनीय हुआ तब मुझे बताया। ये फूड पॉयजनिंग का तो प्रकरण नहीं है?''

''देखिए, फोन पर चर्चा की बजाए उन्हें हॉस्पिटल ले जाइए। डॉ. ऋतु अभी वही हैं। हॉस्पिटल पहुँचकर उन्हें फोन लगाइये। जल्दी जाइये।''

लगभग आधे घंटे पश्चात डॉ. ऋतु का फोन आया। उनकी आवाज अत्यंत उत्तेजित लग रही थी।

''बाबा, ग्रेट सरप्राईज! पराग की माँ का भी कम्प्लीट हार्ट ब्लॉक हो गया है। लेकिन शी इज रिअली बॅड! बीपी समझ से परे है और हृदयक्रिया अनियमित है। हम सारे प्रयास कर रहे हैं। किंतु मुझे आशंका है... शी इज नॉट लाईकली टु मेक इट!''

''बाबा, यू नो व्हॉट, मुझे दोनों के ईसीजी में जो बदलाव दिख रहे हैं, उससे ऐसा लग रहा है कि वे 'डिजीटालीस टॉक्सिसीटी' से प्रभावित हैं। मैंने ऐसा ही पेशंट मेरे शिक्षाकाल में ससून हॉस्पिटल में देखा था। लेकिन उसने कन्हेर के बीज खाए थे। आपके पास समय हो तो नेटपर ढूंढिये और मुझे बताइये। एनी वे, आय मस्ट अटेंड हर नाऊ कीप इन टच, बाय!''

ये सब इतनी तीव्र गति से घटित हो रहा था की मेरा मस्तिष्क सुन्न हो गया था। मैं कम्प्यूटर के सामने बैठकर नेटपर सर्च करने लगा। ऋतु के कहे अनुसार इन दोनों को कही कन्हेर पॉयजनिंग तो नहीं था? या किसी ने दोनों को जहर पिया था? यदि ऐसा था तो मामला गंभीर था। कन्हेर में कार्डियाक ग्लायकोसाईड नामक रसायन होता है ये मुझे मेडिकल कॉलेज के दिनों से ही पता था। इसी की सहायता

से डीजीटालीस नामक दवा तैयार की जाती है, जिसका उपयोग पिछले सौ सालों से हृदय की बीमारी में किया जा रहा है। किंतु दवा के अधिक मात्रा में सेवन से उसके जहरीले नतीजे सामने आते हैं। कन्हेर नामक वनस्पति हमारे आसपास कहीं भी दिख जाती है। कम्पाऊंड की बागड के लिए इस पौधे का उपयोग किया जाता है क्यों कि गाय, बकरियाँ इस पौधे से दूर ही रहती हैं। इसका पत्ता तोडते ही सफेद चिकना रस बाहर आता है। नेट पर और भी मनोरंजक और भौंचक्का करनेवाली जानकारी मिली। श्रीलंका में इस वनस्पति का उपयोग आत्महत्या के लिए किया जाता है। प्रतिवर्ष दो हजार लोग कन्हेर के बीज या पत्ते खाने से हॉस्पिटलों में भर्ती होते है। इस वनस्पति के जहर का प्रति जहर विदेशों में तैयार किया गया है जिसके उपयोग से अनेक जाने बचाई जाती हैं। लेकिन यह बहुत महँगा होने से श्रीलंका सरकार ने अपने नागरिकों के हितार्थ मुफ्त में उपलब्ध करवाया है।

जल्दी जल्दी तैयार होकर मैं हॉस्पिटल जाने निकला। निकलते निकलते हॉस्पिटल के केमिस्ट को 'डीजीबाईंड' नामक दवाई की इन्क्वाइरी कर रखने के लिए कहा। मेरे पहुँचते केमिस्ट रोशन ने कहा,

''सर, डीजीबाईंड पुणे या मुंबई में उपलब्ध नहीं है। लेकिन एक दुखद समाचार है।''

''आपके पेशंट को कार्डियाक अरेस्ट होने का पता मुझे अभी अभी लगा है। ऋतु सर वहीं है। सारे प्रयास जारी है। लेकिन ईश्वरेच्छा बलीयसी!''

मैं केज्युअल्टी की ओर मुड़ा। वहाँ का चित्र ठिक नहीं था।

''बाबा, शी हॅज अरेस्टेड फिफ्टिन मिनिट्स एगो। शी इज जस्ट नॉट रिस्पाँडिंग, शायद अब रुक जाना चाहिये।''

मैंने पिछले आधे घंटे की अवधि के ईसीजी और ट्रीटमेंट का अध्ययन किया।

''सिस्टर, रिश्तेदारों को अंदर बुलाइए, प्लीज!''

ये बुरी खबर देने का काम अब मुझे करना था। पराग के पिताजी अंदर आए। उनके चेहरे पर चिंता और डर का साया स्पष्ट दिख रहा था। उनके हाथ अपने हाथों में लेकर मैंने कहा, ''बुरी खबर है, हमने सारे प्रयास किए लेकिन, वी हॅव लॉस्ट हर। शी इज नो मोर! आई एम सॉरी!... रिअली सॉरी!''

पराग के पिताजी बिना कुछ बोले स्तब्ध हो गए। स्वयं को सम्हालते हुए बोले, ''सर, मेरे पत्नी का अंत तो मैं पांच वर्ष पूर्व ही देख चुका हूँ। ये उसका बोनस जीवन था। लेकिन अब मुझे चिंता है पराग की! क्या वो ये सहन कर सकेगा?''

"देखिए, पराग का स्वास्थ्य अब स्थिर है। लेकिन अभी उसे बताना ठीक नहीं। मैं ही उचित समय उसे बताऊँगा।

अब हमें अगली व्यवस्था करनी होगी। आपकी पत्नी की मृत्यु प्राकृतिक नहीं होने से हम सर्टिफिकेट नहीं दे पाएँगे। अबतक हॉस्पिटल ने पुलिस को सूचित कर दिया होगा। मेडिको-लिगल केस होने से पोस्टमॉर्टम होने के बाद ही मृत्यु प्रमाणपत्र दिया जाएगा।"

पराग के पिताजी हिम्मतवाले! वे खुद तो सम्हले ही लेकिन रिश्तेदारों को भी ढाढस बंधाया।

अगले तीन दिन निकल गए। पराग की स्थिति में काफी सुधार आया था। उसका हार्ट ब्लॉक भी खुल गया था। उसके रक्त में डीजीटालीस नामक औषधि के अंश मिलने की रिपोर्ट प्राप्त हुई। हमारा निदान योग्य होने की ये पावती थी। पराग का मामला हॉस्पिटल में चर्चा का विषय बन चुका था। अगले दिन धीरे से मैंने पराग को उसकी माँ के निधन की सूचना दी। दुखद समाचार कैसे दिया जाए ये किसी किताब में लिखा नहीं मिलता। ये कला अनुभव से ही सीखी जाती है। एकबार एमबीबीएस उपाधि प्राप्त करना आसान लेकिन उत्तम डॉक्टर होना इससे काफी कठीन!

माँ-बेटे दोनों को एकसाथ विषबाधा कैसे हुई ये बात मेरे दिमाग से जा ही नहीं रही थी। पराग के पिताजी से कुरेद कुरेद कर बात करने के बाद काफी जानकारी प्राप्त हुई। हर सप्ताह उनके खेत से वे गिलोय के डंठल काटकर लाते थे और फिर रोज सुबह उनमें से कुछ डंठल लेकर ताजा काढ़ा बनाकर दोनों पीते थे। दुर्घटना के दिन का काढ़ा रोज की अपेक्षा अधिक काला रंग लिए और कडवा था ऐसा दोनों ने महसूस किया था।

"सर, उस दिन मैंने जिन डंठलों का उपयोग किया था वो मैंने सम्हालकर रखे थे और आपको दिखाने लाया हूँ। ठीक से देखने पर दो डंठलों में से एक काला दिखनेवाला डंठल था। शायद वो ही जहरीला होने की संभावना है।"

पराग के पिताजी ऐसा कह रहे थे कि जैसे मेरे मन की बात ही कह रहे हो। मैंने वो डंठल उनके हाथ से लेकर सूक्ष्म निरीक्षण किया। एक डंठल निश्चित ही दूसरे से अलग था। वो डंठल हाथ में लेकर मैं हॉस्पिटल से बाहर निकला।

उस दिन दोपहर भोजन के समय भी ये ही विचार कर रहा था। किसी गंभीर पेशंट के संदर्भ में जब कुछ बाधाएँ आती थीं तो ये बातें मेरी पत्नी माधुरी के साथ शेयर करने से हमेशा नई राह मिलती थी। इस बार भी उसने मुझे निराश नहीं किया।

''आपको उस वनस्पति की जानकारी चाहिये तो आप श्रीकांत इंगळहल्लीकर से क्यों नहीं पूछते? उनके दैनिक सकाळ में इस विषय पर छपनेवाले अनेक लेख मैंने पढ़े हैं। मुझे याद है वे न्युरॉलॉजिस्ट डॉ. सुधीर कोठारी के मित्र हैं। उन्हीं को फोन कर प्रयास करें।''

डॉ. सुधीर कोठारी मेरे निकटत व्यावसयिक मित्र और सही मायने में मेरी लाईफ लाईन। अनेक जटील और पेचीदा पेशंट बाबद कोठारी सर की सलाह अत्यंत उपयोगी होती है। मैंने तुरंत डॉ. कोठारी को फोन लगाया। उन्होने तुरंत श्रीकांत सर का नम्बर उपलब्ध कराया।

अगले मिनट में मैं श्रीकांतजी से बात कर रहा था। उनके साथ बातें करते समय महसूस हो रहा था कि मैं वनस्पति विशेषज्ञ और एक प्रकृतिप्रेमी से बात कर रहा हूँ। दूसरे दिन मैं सुबह सुबह उनके घर पहुँचा। वो घर नहीं बॉटनिकल गार्डन ही था। सह्याद्री पर्वतमाला की गोद में पलनेवाले पेड़पत्तों के बारे में उनकी प्रकाशित कई किताबें देखकर मैं दंग रह गया। मेरे पेशंट की कहानी सुनने के बाद उन्होंने मैंने साथ लाए डंठल का बारीकी से अध्ययन किया।

''देखिए डॉक्टर, इन डंठलों को पत्ते नहीं है जिस कारण समझना कठीन है। हमें प्रत्यक्ष ही देखने होंगे। आप के लिए सम्भव हो तो मैं साथ में खेत पर चलने के लिए तैयार हूँ।''

खेत पर जाने का दिन आने तक उस काढे में डीजीटालीस कैसे आया होगा इस विषय पर मेरा मंथन और नेटसर्चिंग जारी था। ढूंढने पर पता लगा कि अन्य वनस्पतियों में भी डीजीटालीस जैसे ग्लायकोसाईड्स होते हैं और उनमें की कुछ वनस्पति क्लाइम्बर्स अर्थात् पेडों पर चढनेवाले बेल रहते हैं। इन मिल्कवीड्स या दूधवेलियों की विशिष्टता याने इनकी पत्तियाँ तोडने पर उनमें से सफेद द्राव निकलता है। ये द्राव तो क्या पूरी वनस्पति ही जहरीली होती है। जानवर इसे छूते तक नहीं। हमारे यहाँ सर्वत्र पाई जानेवाली ऐसी ही एक जहरीली वनस्पति याने - 'बेशरम'! इसके पत्ते खाकर मरने के अनेक केस मुझे पता चले। यूरेका! यूरेका! ये तो पता चला कि बेल जहरीली हो सकती है। लेकिन निश्चित रूप से कौनसी बेल और उसमें कौनसे जहरीले गुणधर्म है ये ढूंढना बाकी था। मैं उत्तेजीत और उत्साह में था और पराग के खेत में जाने के दिन का इंतज़ार कर रहा था।

अंत में एक दिन श्रीकांतजी को साथ लेकर मैं, पराग और उसके पिताजी जेजुरी के समीप स्थित उनके खेत की ओर जाने निकले। रास्ते में जगह जगह गाडी रोककर श्रीकांतजी अनेक गुणकारी उपयोगी वनस्पतियों की जानकारी दे रहे थे और

उनका चिकित्सकीय उपयोग मैं बता रहा था। ये सदाफुली कॅन्सर पर तो ये पुनर्नवा जलोदर के लिए उपयुक्त है।

अत्यंत तीव्र जहरीली वनस्पति एकोनाइट का होमियोपैथी में दवा के रूप में उपयोग किया जाता है। बचपन में पढी अरेबियन नाईट्स की एक कहानी मुझे याद आई। एक फकीर के पास ऐसा अंजन रहता है कि आंखों में डालते ही गुप्त खजाने दिखने लगते थे। श्रीकांतजी ने ऐसा ही कुछ ज्ञान का अंजन हमारी आँखों में डाला था। इंजिनियर और सफल उद्योगपति श्रीकांतजी के अगाध ज्ञान के समक्ष मैं नममस्तक था। बातों ही बातों में हम खेतपर पहुँच गए।

खेत पहूँचते ही श्रीकांतजी का वैज्ञानिक रूप दिखने लगा। घर के सामने ही एक निंबू का पेड था। उसी पेड पर 'गिलोय' चढ़ा हुआ था। श्रीकांतजी का अध्ययन जारी था। अब तक गाँव के लोग, छोटे-बडे, बडे कौतुहल के साथ जमा हो गए थे।

डॉक्टर, यहाँ मुझे दो बेल दिख रही हैं। गिलोय के तने पर एक समय एक ही पत्ती उगती है, लेकिन ये जो दूसरी बेल है उसके तने पर आमने-सामने एकसाथ दो पत्तियाँ ऊग रही हैं। जरूर ये अलग वनस्पति है।

काफी देर से हमारा संभाषण सुननेवाला लगभग दस वर्षीय एक बालक झट से आगे आकर बोलने लगा,

''साहब, ये तो 'कलहारी' की बेल है। हमारे गांव में सबदूर फैला है। इस बेल के कारण ही हमारे गांव में तितलियाँ बहुत आती हैं। सिर्फ तितलियाँ ही ये पत्ते खाती हैं, अन्य कोई जानवर इसे छूता तक नहीं है। बहुत कडवी रहती है। इसपर सुंदर गुलाबी फुल आते हैं। ये खुब ऊँचाई तक जाता है। इसके आखरी सिरे पर बैलों के सिंग जैसे फल लगते हैं। उन्हें हम 'बैल' ही कहते हैं। ये फल फूटने पर उसमें से रुई निकलती है। उससे बना तकिया बहुत नरम रहता है।''

श्रीकांतजी उस बालक की ओर बहुत ही स्नेह से देख रहे थे।

''बहुत अच्छी जानकारी दी! ये रुई याने इस बेल के बीज हैं। इस वनस्पति का जहर पत्ते खानेवाले जानवरों से बचाव हेतु दिया हुआ शस्त्र ही है। तितलियाँ इस बेल का वंश बढाने के लिए फुलों के पराग के फैलाव में मदद करती है इस कारण इस जहर का तितलियों पर विपरित परिणाम नहीं होता। लेकिन ये जहर तितली में रहता है और यदि किसी पक्षी ने तितली का भक्षण किया तो उसे विषबाधा होती है अत: तितली प्रजाति का भी संरक्षण हो रहा है। इस बेल का वैज्ञानिक नाम है, ''क्रिप्टोस्टेजिया ग्रांडीफ्लोरा'' या इसे ''इंडियन रबर वाइन'' कहा जाता है।

हम इन वनस्पतियों के नमूने लेकर वापस आए। श्रीकांतजी इन वनस्पतियों में शामिल अलग अलग रसायनों का अध्ययन करनेवाले उनके मित्रों के पास इसके नमूने पृथ:करण के लिए भेजनेवाले थे।

घर पहुँचते ही मैं फिर इंटरनेट पर बैठ गया। अब उस बेल का नाम मालूम होने से अधिक जानकारी मिल रही थी। इस वनस्पति ने ऑस्ट्रेलिया के क्विन्सलैंड में हाहाकार मचा के रखा है। वहाँ इसका इतना फैलाव हो चुका है कि इस वनस्पति ने उपयुक्त वृक्षों पर अपने आप को लपेटकर अजगर जैसा अपने आगोश में ले लिया है और उनका नाश किया है। वहाँ की सरकार ने इस 'वीड' का खात्मा करने के लिये राष्ट्रीय स्तर पर अभियान चलाया है। ये वनस्पति खाने से मरनेवाले जानवरों की अनेक कथाएँ प्रचलित हैं। मिल्कवीड खाकर अनेक लोगों को विषबाधा हुई है। लेकिन क्रिप्टोस्टेजिया के कारण विषबाधा के दो ही मामले संज्ञान में आए और वो भी भारत में! दोनों में काढ़ा बनाने के लिए गिलोय का उपयोग किया गया और उसी में इस क्रोप्टोस्टेजिया की मिलावट हो गई थी। दक्षिण भारत में बुद्धिवर्धन के लिए काढ़े में गिलोय डालते हैं तो उत्तर भारत में ठंडाई में गिलोय का प्रयोग करते है।

कुछ समयपूर्व जब भारत में स्वाईन फ्लू फैला था तो बाबा रामदेव के लोगों ने जगह जगह से, जहाँ से मिला, गिलोय जमा कर ले गए थे। ऐसे समय यदि क्रिप्टोस्टेजिया की मिलावट यदि हो गई तो क्या भयावह परिणाम होंगे, कल्पना से परे है। बड़े ही विश्वास से ली हुई दवाई में यदि मिलावट हो तो सामान्यजन की आरोग्य रुपी तितली का भविष्य भी निश्चित ही संकट में और भयावह होगा।

❖❖❖

एक हाथी चार अंधे

सोमवार की सुबह!
हृदयरोग विशेषज्ञ, मेरे सुपुत्र ऋतुपर्ण उस दिन हमेशा की बजाए जरा जल्दी जाते हुए दिखाई दिए।

"क्या बात है ऋतुसर, आज इतने जल्दी? हॉस्पिटल में कोई इमर्जन्सी है क्या?

"बाबा, आपको मराठी साहित्य परिषद के अध्यक्ष याद है? उनका एओर्टिक एन्यूरीझम का निदान मैंने ही किया था। आज उनकी 'एओर्टिक रुट रिप्लेसमेंट सर्जरी' प्लान की है। कार्डियॉलॉजिस्ट के रूप में मुझे जाना है।

"एओर्टिक एन्यूरिझम" एक विचित्र बीमारी है। सायकल की पुरानी ट्यूब में ज्यादा हवा भरने पर कमजोर स्थान पर जो गुब्वार भर जाता है वो आपने निश्चित ही देखा होगा। हृदय से निकलकर सम्पूर्ण शरीर को शुद्ध रक्त की आपूर्ति करने वाली महारोहिणी अर्थात एओर्टा में भी ऐसा ही गुब्वारा तैयार होता है और उसे ही 'एओर्टिक एन्यूरिझम' कहते हैं। ये गुब्बारा बडा होकर फुटने की सम्भावना रहती है। इसीलिए उसका ऑपरेशन कर गुब्बारे की जगह विशेष प्रकार की प्लास्टिक की नली लगाई जाती है। ऐसे अत्यंत नाजूक और जोखिमभरे ऑपरेशन की टीम में ऋतु सर महत्त्वपूर्ण भूमिका निभानेवाले थे।

"बेस्ट ऑफ लक! टेक केअर!"

पिछले पचास वर्षों में हृदयशल्य चिकित्सा के क्षेत्र में चिकित्सा विज्ञान ने प्रशंसनीय प्रगति की है। मैं जब मेडिकल का छात्र था तब इस प्रकार की शल्यक्रिया नहीं होती थी। इस बीमारी का निदान ही कठीन रहता था। आज की तरह अल्ट्रासाऊंड, सीटी स्कॅन या एमआराआई जाँचें भी उपलब्ध नहीं थीं। योग्य निदान कर सकने के लिए लम्बा अनुभव और ज्ञान होना आवश्यक था। एक पेशंट मुझे अच्छी तरह से याद आ रहा है...

सन १९७५!

मैंने हाल ही में एमडी की परीक्षा पास कर के ससून हॉस्पिटल में व्याख्याता की नोकरी शुरु की थी, तब की बात है। हर सोमवार को हमारे युनिट की ओपीडी और इमर्जन्सी रहती थी। ऐसे ही एक सोमवार को छह माह की गर्भावस्था में एक स्त्री हमारे युनिट में भर्ती हुई। उसके साथ उसकी माँ भी थी। वो बता रही थी, ''बेटी का पहला ही मौका है। ठीक थी। केवल पिछले सात-आठ दिनों से सिरदर्द की शिकायत कर रही थी। मैंने थोडी बेफीक्री दिखाई। फिर आज सुबह छह बजे से लगातार उल्टियाँ कर रही है और...''

बोलते बोलते वो रोने लगी। भावनाओं के आवेग पर नियंत्रण करते हुए वो फिर कहने लगी,

''तब से छोरी ने बायाँ हाथ और पैर हिलाना बंद कर दिया है।''

वॉर्ड के रेसिडेंट डॉक्टर ने उसकी सारी शिकायतें सुनकर जाँच शुरू की। पेशंट का नाम कल्पना था। कल्पना उसका बायाँ हाथ और पैर बिल्कुल हिला नहीं पा रही थी। बिल्कुल ग्रेड झिरो पावर! उसका चेहरा भी थोडा टेढ़ा हो गया था। अर्थात कल्पना के मस्तिष्क के दाँये भाग में रक्त की आपूर्ति में बाधा आ रही थी।

शायद दाँए मस्तिष्क में रक्तस्त्राव होकर खून का थक्का बना होने की सम्भावना भी थी। कल्पना का रक्तचाप सामान्य था। शायद मस्तिष्क में जंतुओं का संक्रमण होकर मेनेंजाइटीस होने की सम्भावना को भी नकारा नहीं जा सकता था। कल्पना के गर्भ में बच्चे की धडकनें सामान्य होकर उसकी हलचल उसे महसूस हो रही थी ये एक राहत की बात थी।

डॉ. आगटे ने ये सारी बातें पेपर पर लिखकर सिस्टर से लिखे अनुसार ट्रीटमेंट शुरु करने की सलाह दी और आगे पेशंट देखने निकल गए।

मैं मेल वॉर्ड के पेशंट देखकर नये स्त्री पेशंट देखने फिमेल वॉर्ड में पहुँचा। लेक्चरर होने के नाते रसिडेंट डॉक्टर द्वारा जाँचें गए पेशंट फिर से जाँचने का रिवाज था। मेरे पश्चात युनिट के मानद प्राध्यापक डॉ. गुलाटी और सबसे अंत में हमारे युनिट की प्रमुख डॉ. मित्रा का राऊंड होता था। सिस्टर ने दी हुई नये पेशंट्स् की सूचि में पहला नाम कल्पना का ही थी। मैंने कल्पना के पास जाकर फिर से हिस्ट्री लेकर फिर जाँच की। उसके दाँए हाथ में सलाइन लगी थी इसलिए बाएँ हाथ का बीपी लिया। एक बार नहीं, दो बार, तीन बार! बीपी था '२३०/१४०'! नॉर्मल अपेक्षित था '१२०/८०'! रेसिडेंट डॉक्टर के नोट के अनुसार बीपी था '१४०/९०'!

डॉ. आगटे ने अभी अभी रेसिडेंट डॉक्टर के रुप में ज्वाईन किया था। मैंने आजतक दो प्रकार के रेसिडेंट डॉक्टर देखे हैं एक होशियार और इमानदार और दूसरे बहुत ज्यादा होशियार! बहुत ज्यादा होशियार शॉर्टकट ढूंढते हैं। स्वयं बीपी न देखते हुए सीएमओने या सिस्टर ने पहले से लिखा रीडिंग लिखकर छुट्टी पा लेते हैं। डॉ. आगटे की चालाकी रंगेहाथ पकडी जाने के कारण मैं उत्तेजित हो गया।

'सिस्टर, डॉ. आगटे जहाँ भी हो बुलाकर लाओ!'

डॉ. आगटे लगभग दौड लगाकर आए।

"गुड मॉर्निंग सर!"

"गुड मॉर्निंग, डॉ. आगटे, इस पेशंट का बीपी कितना है? आपने स्वयं लिया था क्या?

अपनी किसी गलती का एहसास होकर डॉ. आगटे कल्पना के पेपर्स देखते हुए बोले, "मैंने स्वयं लिया था, १४०/९० था।"

"फिर से एक बार मेरे सामने लीजिए तो!"

उन्होने फिर लिया।

"कितना है?"

डॉ. आगटे डर के मारे काँपने लगे,

"सर, अब २४०/९० है। लेकिन सर मैं झूठ नहीं बोल रहा हूँ। मैंने लिया तब वास्तव में १४०/९० था। सर, प्लीज विश्वास करें!"

डॉ. आगटे का चेहरा देखकर वे सच बोल रहे हैं इसका मुझे एहसास हुआ। फिर दोनों के रीडिंग में इतना फर्क क्यों? आदमी का बीपी लगातार बदलते रहता है। लेकिन इतना फर्क?

मेरे मन में एक विचार आया।

"डॉक्टर आपने कौनसे हाथ का बीपी लिया था?" थोडा विचार कर वे बोले, "पहले मैंने दाएँ हाथ का लिया था लेकिन अब उस पर सलाइन लगी होने से बाएँ हाथ का लिया!"

कभी कभी दोनों हाथों के बीपी में भी फर्क हो सकता है। अब दाएँ हाथ का लेते हैं।

"सर, यहाँ १४०/९० है। अलावा इसके इस हाथ की पल्स भी नहीं लग रही है।

हमारी चर्चा चल ही रही थी कि सिस्टर ने आकर बताया, 'सर, गुलाटी सर राऊँड पर आए हैं।"

हम दोनों ने पीछे मुड़कर देखा, डॉ. गुलाटी वार्ड में आते दिखाई दिए।

गुलाटी सर-एक प्रसन्न और आदरणीय व्यक्तित्व। सर सिर्फ मेरे ही नहीं अनेक डॉक्टरों के रोल मॉडेल थे।

''गुड, मॉर्निंग एवरीबडी।''

''सर, अच्छा हुआ आप आए। हम एक डिफिकल्ट केस देख रहे थे।''

डॉ. आगटे ने कल्पना का केस डॉ. गुलाटी सर के समक्ष प्रस्तुत किया।

सर ने फिर से हिस्ट्री ली और उसे एक्जामिन किया और अपने सूक्ष्म निरीक्षण बताने लगे। डॉ. आगटे उसे केस पेपर पर नोट कर रहे थे।

जाँच के उपरांत सर ने दो नई बातें ढूंढ निकाली।

''देखिए, इस लडकी के दाएँ हाथ की नब्ज वीक है और इसी कारण उस हाथ का बीपी कम है। साथ ही उसके गर्दन की दाएँ मस्तिष्क को रक्त की आपूर्ति करनेवाली क्यारोटीड आर्टरी भी ठीक से फील नहीं हो रही है। इसी कारण से कम रक्त की आपूर्ति होने से बाएँ हाथ पर पॅरालीसीस हो गया है। लेकिन आश्चर्यकारक बात तो अभी बाकी ही है। मुझे उसके हृदय के आवाज में एक नई आवाज याने डायस्टोलिक मरमर सुनाई दे रही है। इस मरमर की विशिष्टताओं के कारण इस लडकी का एओर्टिक वॉल्व लिकेज हुआ लगता है। आगे का स्पष्टिकरण आसान है। इस लडकी को बचपन में निश्चित ही गठिया रोग हुआ होगा जिससे उसके एओर्टिक वॉल्व पर सूजन आकर उस मे धीरे धीरे लीकेज हुआ होगा। बाद में इस बाधित वॉल्व पर जंतु संसर्ग होकर इसे 'बॅक्टेरियल इंडोकार्डायटीस' हुआ है। इस संक्रमित वॉल्व से निकले जंतु हाथ और मस्तिष्क की रक्तवाहिनी में अटकने से आज की स्थिति निर्मित हुई है।''

गुलाटी सर के वक्तव्य के सामने हम नतमस्तक थे। सर ने सिक्सर लगाई थी। कल्पना की बीमारी का कठीन गणित सर ने बड़ी ही आसानी से हल किया था। हम ऐसे शिक्षक को पाकर धन्य थे।

तब तक वॉर्ड बॉय उसके छाती का एक्स-रे लेकर आया था। एक्स-रे देखकर वे बोले, ''डॉ. सुरेश, वी आर ऑन द राईट ट्रॅक। एक्स-रे में इसका दिल बढ़ा हुआ स्पष्ट दिख रहा है। इसे तुरंत पेनिसिलीन टेस्ट कर आईवी पेनिसिलीन शुरु कीजिए। टू बी ऑन सेफर साईड, क्लोरोमाईसिटीन भी शुरु करते हैं। उसके पूर्व 'ब्लड कल्चर' करवाना न भूलें। इसका बीपी धीरे धीरे कम करना होगा नहीं तो मस्तिष्क में रक्त आपूर्ति कम हो जाने की सम्भावना है। लेकिन मुझे इसकी चिंता है। आई थिंक, शी इज नॉट लाईकली टू मेक इट! रिश्तेदारों को इसके बीमारी की गंभीरता से अवगत कर उनके दस्तखत ले लें।''

"गुड मॉर्निंग, प्रोफेसर गुलाटी! गुड मॉर्निंग एवरीबडी!"

हम सबने आवाज की दिशा में देखा। हमारे युनिट की हेड डॉ. मित्रा अंदर आ रही थी।

"एनीथिंग इंटरेस्टिंग टुडे?"

"गुड मॉर्निंग मॅडम! हम एक रोचक केस की चर्चा कर रहे हैं।" डॉ. गुलाटी सर ने मॅडम को कल्पना की बीमारी की विस्तृत जानकारी दी।"

मॅडम ने फिर एक बार कल्पना का चेकअप कर निष्कर्षों से सहमति जताईं।

"ठीक है, गो अहेड!"

डॉ. आगटे को अगली सूचनाएँ एवं निर्देश देकर हम सब बाहर निकले!

घंटेभर में ही मेरे फोन की घंटी बजी। डॉ. आगटे बोल रहे थे।

"सर, बुरी खबर है। आई एम सॉरी, बट कल्पना अरेस्टेड! काफी प्रयास किए लेकिन उसका हार्ट फिर से शुरू नहीं हो सका। शी हॅज गॉन!"

"रिश्तेदारों का क्या?"

"पहले ही सिरीयस कंडिशन कन्फर्म कर उनके दस्तखत ले लिए थे। अब चोवीस घंटे के अन्दर मृत्यु होने से हॉस्पिटल के नियमों के अनुसार पोस्टमॉर्टम करना ही पडेगा। रिश्तेदारों को भी बता दिया गया है।

"ठिक है। मैं मैंडम को बता देता हूँ।"

"अरेरे, पुअर गर्ल! ईश्वर की इच्छा! हम इससे ज्यादा क्या कर सकते थे। शी केम वेरी लेट! किंतु उसका पोस्टमॉर्टम होना अच्छा है। निश्चित रूप से क्या हुआ था, ये तो पता चलेगा। और हाँ, पैथॉलॉजिस्ट से गुजारिश कर उसके दाहिने हाथ की कलाई ओपन कर रेडीयल आर्टरी तक निश्चित रूप से कहाँ ब्लॉकेज था, इसका पता लगाने के लिए कहिए! यदि आप स्वयं पोस्टमॉर्टम अटेण्ड करेंगे तो बेहतर होगा!"

मेडिसिन डिपार्टमेंट में हम सारे लेक्चरर दोस्त साथ-साथ भोजन करते थे। खाना खाते समय गपशप शुरू हुई। गिरीश शाह नामक मेरा मित्र भी बातें सुन रहा था। मैं सबको कल्पना के केस के बारे में जानकारी दे रहा था। गिरीश जोर से बोला, "अरे सुरेश, इस कल्पना को इंडोकार्डायटीस तो नहीं था?"

"गिरीश, क्या तुम कोई और डायग्नोसिस सूचित करना चाहते हो?" मैं थोडेसे आश्चर्य और काफी सारे अविश्वास से बोला।"

"अरे गिरीश, इतने स्पष्ट और सीधे केस में दूसरा निदान असम्भव ही है। यदि ऐसा होता तो क्या गुलाटी सर और मित्रा मैंडम का ध्यान नहीं जाता क्या?"

लेकिन गिरीश सुनने के मूड में कतई नहीं था। जल्दी से हाथ धोकर गिरीश ने

मेडिसीन की मोटी किताब निकाली, एक विशेष पृष्ठ खोला और बोला, ''ये देखो सुरेश, ये पढ़!''

इतना कहकर गिरीश ने किताब से मजमून पढ़कर संक्षिप्त रूप में बताना शुरू किया।

'डायसेक्शन ऑफ एओर्टा' - टिपिकली छह माह की गर्भवतियों में ये बीमारी दिखती है। पेशंट उच्च रक्तचाप से गस्त रहता है। बीपी सीमा से अधिक बढ़ने से एओटी के अन्दर के अस्तर में छेद निर्मित होता है और उसमें रक्त के प्रवेश के कारण 'डबल बॅरल एओर्टा' तैयार होता है।

द बाकी नामक प्रसिद्ध सर्जन ने ऐसे अनेक मामलों का अध्ययन कर कुछ निष्कर्ष प्रकाशित किए हैं। एओर्टा में कहाँ छेद निर्मित होता हैं, उसका आकार क्या होता है ये भी उन्होंने लिख रखा है। इस डायसेक्शन से दाहिने हाथ और दाहिने मस्तिष्क की ओर जानेवाली रक्तवाहिनी बन्द हो जाती है। ये डायसेक्शन ही पीछे हृदय की दिशा की और फैलकर एओर्टिक वॉल्व में लिकेज पैदा करता है। कुछ पेशंट में ये छेद हृदय के बाहर फटता है और पेशंट मर जाता है। धन्य है डॉ. द' बाकी! आप के पेशंट को भी यही सब हुआ लगता है।

अब आश्चर्यचकित होने की मेरी बारी थी।

''गिरीश, यू आर रिअली ग्रेट! रिअली ग्रेट डायग्नोसिस! बधाई!''

मेरी ही तरह डॉ. गिरीश भी उत्तेजित हो गए थे। हम दोनों ने मिलकर इस दुर्लभ बीमारी की सारी जानकारी पढ़ डाली।

दोपहर तीन बजे पैथॉलॉजी विभाग में कल्पना के पोस्टमॉर्टम किए अंगो की जाँच करना तय हुआ था। वहाँ के प्राध्यापकों ने हमारा स्वागत किया।

''क्यो बच्चों, क्या केस है ये?''

हमने सारा इतिहास उन्हें बताया।

हमारा कहना खत्म होने के पश्चात वे धीर गंभीर स्वर में बोले, ''बच्चों, ये आपका डॉ. रवी गुलाटी मेरा ही विद्यार्थी है! अत्यंत होनहार! सामान्यतः उसका डाइग्नोसिस गलत नहीं होता। अलावा इसके मैंने भी आजतक हजारों पीएम किए है। लेकिन एक बार भी डायसेक्शन नहीं देखा है। आज देखते हैं मेरा अनुभव सही साबित होता है या आपका किताबी ज्ञान!''

इतना कहकर उन्होने अपना जाँच का कार्य शुरू किया। हमारी उत्सुकता शीर्ष पर पहुँच चुकी थी। गिरीश अपने साथ सेसिल की मोटी मेडिकल टेक्स्ट बुक लाया था। ये किताब याने मेडिकल छात्रों के लिए जैसे 'गुरु ग्रंथ साहिब'!

"ये देखिए, ये हार्ट और एओर्टा। अब मैं पेरीकार्डियम याने हृदय के बाहरी आवरण का विच्छेदन कर रहा हूँ।"

"अरे, इस आवरण के भी तो रक्त के कई थक्के दिख रहे हैं। इसी ब्लिडींग के कारण ही हृदय के कार्य में रुकावट आकर पेशंट की मृत्यु हुई लगती है।"

"अब मैं हृदय विच्छेदित कर रहा हूँ। अन्दर तो सब ठीकठाक दिख रहा है। ये एओर्टिक वॉल्व। एकदम स्वस्थ दिख रहा है। दूरदूर तक इंडोकार्डायटीस नजर नहीं आ रहा है। लेकिन वॉल्व से एक इंच दूर एओर्टा में एक छेद दिख रहा है।"

"वो अंग्रेजी 'T' आकार का है ना?" मैं और गिरीश एक ही स्वर में बोले।"

"बिल्कुल बराबर"! सर।

"सर, याने ये निश्चित रूप से 'द' बाकी - टाईप वन' डायसेक्शन है।"

"रुकिए, इतना उतवलापन न दिखाएँ। मुझे कन्फर्म करने दो।"

सर ने तारनुमा एक प्रोब उस छेद में डालकर उसके विस्तार का अध्ययन किया।

"बच्चों, अभिनंदन! ये निश्चित ही डाईसेक्शन है। ये छेद एओर्टा के वॉल्व में आगे जाकर दो इंच के बाद दूसरे नए छेद के माध्यम से फिर से एओर्टा के खाली भाग में प्रवेश करता हुआ दिख रहा है। इस दूसरे छेद के कारण ही पेशंट कम से कम हॉस्पिटल तक पहुँच सका। ये छेद हृदय के आसपास लिक होकर पेशंट की मृत्यु हुई है।"

"सर, डॉ. द'बाकी ने ये इन्ही शब्दों मे लिख रखा है। हॅट्स ऑफ टू डॉ. द'बाकी!"

सर को धन्यवाद देकर हम लौटे।

दूसरे दिन 'क्लिनिकल मिटिंग' में हमारी युनिट ने ये केस बडे ही अभिमान से प्रस्तुत की। डॉ. मित्रा मॅडम ने डॉ. गिरीश को बुलाकर विशेष अभिनन्दन किया।

"वेलडन डॉ. गिरीश, आई एम प्राऊड ऑफ यू!"

बेचारी कल्पना जान से गई। लेकिन जाते जाते हमें कितनी बडी सीख देते हुए गई। अर्थात ये निदान उसके मृत्यु से पूर्व भी होता तो भी उसका बचना सम्भव नहीं था। लेकिन केवल पीएम के कारण ही सही निदान हो पाया था। हमारे यहाँ अभी भी पोस्टमॉर्टम के प्रति उदासीनता है। जिससे अनजाने में हुई डॉक्टरों की गलतियाँ भी "बंधी मुट्ठी तो लाख की..." इस तर्ज पर ढँकी रह जाती है।"

❖❖❖

अन्ननलिका के शुक्राचार्य

'वाई टू के' का गडबड झाला खत्म होकर नई सहस्त्राब्दी (नए सहस्त्रक) का उदय हुआ था। तब की बात है। सोमवार होने से क्लिनिक में हमेशा से कुछ ज्यादा ही भीड थी। नए सप्ताह की शुरुआत नई उमंग के साथ हुई थी। उसी समय मेरे पुराने घर के समीप रहनेवाले मेरे मित्र श्री राऊत का फोन आया।

"सर, मेरी भाभी को आपके पास भेज रहा हूँ। उनके सिने में दर्द है। कृपया उन्हें पहले देख लें!" श्री राऊत हमेशा की तरह नेता स्टाईल में बोल रहे थे।"

"छाती में दर्द हो रहे पेशंट को मैं कभी भी वेटिंग हॉल में नहीं बिठाता हूँ। उनका नम्बर हमेशा पहला ही होता है। क्यों कि ऐसे पेशंट कब सीरियस हो जाएँगे, कहा नहीं जा सकता।" ऐसा कहकर मैंने फोन रखा।

उसी समय मेरी सहयोगी डॉ. दीपाली ने श्रीमती सुनेत्रा राऊत के आगमन की सूचना देते हुए कहा कि उन्हें ईसीजी रुम में लिटाया है। सामने बैठे पेशंट से थोडा रुकने का निवेदन कर मैं श्रीमती राऊत को देखने ईसीजी रुम में गया। श्रीमती सुनेत्रा, नाम की तरह ही सुंदर, उम्र लगभग पैंतीस, हाथ छातीपर ही रखकर पलंग पर बैठी थी। पिछले दो दिनों से उनका स्वास्थ्य ठीक नहीं था। उल्टियाँ हो रही थी जिसमें से पित्त निकल रहा था। प्रथमदर्शन में पित्त के कारण उल्टियाँ होकर अन्ननलिका में जलन होकर छाती में दर्द हो रहा होगा ऐसा मैंने अनुमान लगाया। उनकी शारीरिक जाँच में अन्य कोई नया लक्षण नहीं दिखा। उनकी नब्ज नियमित चल रही थी। ब्लडप्रेशर सामान्य था। बुखार नहीं था। फेंफडों की जाँच में किसी भी बीमारी के लक्षण नहीं दिखे। कुल मिलाकर सुनेत्रा के छाती के दर्द का कारण पित्त ही था इसी निष्कर्ष पर मैं पहुँचा था। सच पूछो तो पित्तनाशक दवा देकर उन्हें वापस भेजने का विचार मेरे मन में आया था, लेकिन सुनेत्रा के चेहरे पर दर्द दर्शक भाव देखकर कम से कम नियमित जाँचें करने का मैंने तय किया।

"देखिए, यद्यपि आपको पित्त है फिर भी हम बाकी नियमित जाँचें कर लेते हैं। मेरा अनुभव कहता है कि व्यक्ति गलती कर सकता है लेकिन मशीन नहीं। ऐसा कहकर मैंने डॉ. दीपाली को सुनेत्रा का ईसीजी निकालने के लिए कहा। अपेक्षानुरुप ईसीजी नॉर्मल था। पित्त के इलाज हेतु दवा की योजना करते हुए ही रक्त, यूरीन, छाती का एक्स-रे, पेट की सोनोग्राफी ये प्राथमिक जाँचें करवाकर कल फिर से आने की सलाह दी।

दूसरे दिन श्रीमती राऊत मेरे आने पहले से ही क्लिनिक में आकर बैठी थी। उनका छाती दर्द बिलकुल ही कम नहीं हुआ था। सारी जाँचों की रिपोर्ट नॉर्मल थी। किंतु चेहरे पर वेदना के साथ चिंता नजर आ रही थी। मैं एक क्षण के लिए विचार मग्न हुआ।

"कभी कभी हृदयरोग हमें बेवकुफ बनाता है। आज आप का फिर से ईसीजी लेते हैं। थोडीसी नाराजी से ही वे तैयार हुई। ये ईसीजी भी नॉर्मल ही था।

ये पेशंट वास्तव में मेरा ही इम्तहान ले रहा था। ऐसे पेशंट कोई फायदा न होता देखकर दूसरे 'अच्छे' डॉक्टर के पास जाने की सम्भावना बनी रहती है।

"हमारी छाती में केवल हृदय ही नहीं तो फेंफडें, अन्ननलिका, श्वास नलिका इत्यादी अंग रहते हैं। उनके कारण ऐसा दर्द सम्भव है। आपके दर्द के बारे में आप और अधिक जानकारी दें!

"डॉक्टर, ये दर्द सतत बना ही रहता है। लेकिन अन्न निगलते समय दर्द अधिक होता है।"

उनकी इस बात को पकडकर मैंने उन्हें 'बेरियम स्वॅलो' करवाने जाने की सलाह दी।

"इस जाँच में आपकी अन्ननलिका और निगलने की प्रक्रिया का अध्ययन किया जायेगा। बेरियम सल्फेट नामक दवा पीकर निगलते हुए फोटो निकालने पर अन्ननलिका में क्या बीमारी है, ये पता चलता है।"

आधे घंटे के भीतर ही मुझे एक्स-रे विभाग के डॉक्टर का फोन आया। सुनेत्रा की बीमारी का निदान होने की शुरुवात हो गई थी। उसकी अन्ननलिका में आंशिक रुकावट आई हुई दिख रही थी। फोन रखते ही फिर घंटी बजी। अब आवाज थी मेरे मित्र श्री राऊत की!

"डॉक्टर, मेरी भाभी का निश्चित निदान क्या है? उन्हें क्या हुआ है?"

"देखिए, उनकी अन्ननलिका पर सूजन है। उनकी और जाँचें करवानी होगी। उन्हें हॉस्पिटल में भर्ती करवाना बेहतर होगा।"

मेरे आवाज की गंभीरता और सुनेत्रा के दर्द की तीव्रता के कारण राऊत परिवार ने सुनेत्रा को तुरन्त हॉस्पिटल में भर्ती करा दिया।

शाम तक सुनेत्रा का सीटी स्कॅन रिपोर्ट के साथ तैयार था। उसमें उनकी श्वासनलिका और अन्ननलिका के आसपास बढ़ी हुई गाँठें दिख रही थी।

''ये गठाने याने फेफडें अथवा अन्ननलिका में कोई बीमारी या संक्रमण होने से शरीर की प्रतिक्रिया के रूप में बढ़ी हुई संरक्षक पेशियाँ हैं। सीटी स्कैन में फेंफडें स्वस्थ दिख रहे थे। अन्ननलिका में गडबड की सम्भावना है। उसका निदान अन्ननलिका में दूर्बिन डालकर देखने पर ही होगा।

'एण्डोस्कोपी' केवल दस मिनट की जाँच है। इसमें पेशंट को बेहोश नहीं किया जाता बल्कि अन्ननलिका में क्या बीमारी है ये यदि देखना हो तो स्क्रिन पर देखा जा सकता है।

राऊत परिवार चिंताग्रस्त मुद्रा में पेशंट के कमरे से दूर मेरा इंतजार कर रहे थे। एण्डोस्कोपी से क्या क्या निदान हो सकता है इसका अन्दाज उन्हें देना जरुरी था।

''अन्ननलिका में ऐसा व्यवधान सामान्यत: कैन्सर की ओर इंगित करता है। कभी-कभी दूसरी बीमारी भी हो सकती है।''

राऊत परिवार के सदस्यों की आँखे डबडबा गई, लेकिन एक डॉक्टर के नाते यह कटु कार्य करना मेरे लिए अत्यावश्यक था।

दूसरे दिन डॉ. थोरात ने सुनेत्रा की एण्डोस्कोपी की। आश्चर्य और सौभाग्य की बात थी कि अन्ननलिका में कोई बीमारी नहीं थी। लेकिन सीटी स्कैन में जो बढ़ी हुई गठानें दिख रही थीं उनमें से एक अन्ननलिका पर बाहर से अच्छी तरह जोर से दबा रही थी जिससे सुनेत्रा को निगलते समय दर्द हो रहा था। डॉ. थोरात अनुभवी और विशेषज्ञ डॉक्टर थे। उनके निरीक्षण के अनुसार वह गाँठ नरम थी। उसकी बायोप्सी पुणे में करना याने उसका एक टुकडा काटकर जाँच करना खतरे से खाली नहीं था। इसीलिए अगली जाँच और उपचार हेतु मुंबई जाने की सलाह दी।

''मुंबई में अत्याधुनिक उपकरण उपलब्ध हैं। इस उपकरण में प्रकाशतंतु आधारित दूर्बीन के साथ एक सूक्ष्म 'अल्ट्रासाऊंड' मशीन लगा रहता है। जिससे अन्ननलिका के माध्यम से हम उस गाँठ के निकट जाकर ध्वनितरंगों के सहारे उस गाँठ का अध्ययन कर सकते हैं। इतना ही नहीं तो छोटी सुई के सहारे उस गाँठ में से द्रव्य पदार्थ निकालकर-उस गाँठ से निर्मित दबाव कम कर सकते है। उस द्रव्य पदार्थ के सहारे बीमारी का सौ प्रतिशत 'निदान' हो सकता है और व्यवधान भी दूर हो सकता है। मुंबई के डॉ. राठौड इस प्रकार की शल्यचिकित्सा के लिए मशहूर हैं।''

हमने तुरंत डॉ. राठौड से सम्पर्क कर दूसरे दिन का ही समय लिया। ताडदेव स्थित भाटिया हॉस्पिटल में ये शल्यक्रिया होनेवाली थी। राऊत परिजनों की एवं मेरी स्वयं की इच्छा व उत्सुकता के कारण मैंने भी वहाँ जाना तय किया।

डॉ. राठौड यानि छह फूट ऊँचे, गोरा और रोबिला व्यक्तित्व! उनके मृदुभाषा में ही उनके अनुभव व ज्ञान का अपूर्व संगम झलक रहा था।

सुनेत्रा की शल्यक्रिया के समय वे हमें प्रत्येक क्रिया के बारे में हमें विस्तृत जानकारी दे रहे थे और स्क्रीन पर आकृतियों का विश्लेषण भी कर रहे थे। उनका जादुई स्कोप उस गाँठ तक पहुँचते ही वो गाँठ अब परदे पर स्पष्ट दिखने लगी। उस गाँठ में गाढ़ा द्रव पदार्थ था। छोटी ऊँगली (करांगुली) के सिरे के बराबरी वाले स्कोप में अनेक चेनल्स थे। अलग अलग सुईयाँ, चिमटे आदि के लिए एक तो द्रव पदार्थ खींचने के लिए एक सक्शन चेनल तो एक विडिओ चेनल ऐसे अनेक चेनल लिए वह स्कोप आधुनिक अभियांत्रिकी का कमाल ही था! वो स्कोप चलानेवाले हँडसम डॉ. राठौड और उनकी तंत्र-यंत्रशाला देखकर चिकित्सा क्षेत्र के जैसे वे 'जेम्स बाँड' ही हैं ऐसा आभास हो रहा था। उन्होंने करीब पांच मि.लि. द्रव पदार्थ सुई से खींच लिया और अन्ननलिका का दबाव कम हुआ! शल्यक्रिया खत्म हुई।

टेबलपर रहते ही सुनेत्रा का छाती दर्द रुक गया था। डॉ. राठौड ने हमें एक खुश खबर दी कि वो द्रव पदार्थ 'पस' था और वह गाँठ शायद क्षयरोग की थी। अर्थातही अंतिम रिपोर्ट बाद में आनेवाली थी। लेकिन अगली ट्रिटमेंट शुरु करने हेतु डॉ. राठौड को उस रिपोर्ट की आवश्यकता नहीं थी। उन्होंने मुझे तुरंत क्षयरोग की दवाईयाँ देने की सलाह दी। नौ माह ये दवा लेने से बीमारी शत प्रतिशत ठीक होनेवाली थी। चार दिनों बाद ही डॉ. राठौड का निदान सही होने की रिपोर्ट आई।

इतने दिनों से सुनेत्रा के चेहरे से गायब हास्य लौट आया था। उस दिन चिकित्साक्षेत्र के अत्याधुनिक नये उपकरण के सफल प्रयोग से मैं अभिभूत था। जैसे सुनेत्रा के अन्ननलिका का 'शुक्राचार्य का व्यवधान' डॉ. राठौड के रुप में बलीराजा ने आधुनिक चिकित्साशास्त्र की आँख का उपयोग कर दूर किया था।

❖❖❖

अनंत कृपा

"जाने कैसे सपनों में सो गई अखियाँ,
मैं तो हूँ जागी, मेरी सो गई अखियाँ।"

विश्वविख्यात सितारवादक पं. रवीशंकर ने संगीतबद्ध किया अनुराधा सिनेमा का यह गीत आपने भी कभी न कभी गुनगुनाया ही होगा।

कभी कभी डॉक्टरों को कुछ पेशंट से ऐसी ही विचित्र शिकायत सुनना पडती है और उस शिकायत के पीछे छुपी होती है कोई जानलेवा बीमारी!

कुछ दिनों पहले ऐसी ही शिकायत लेकर अनंतराव चोपडे मेरे क्लिनिक में आए। लगभग पैंतालीस वर्षीय अनंतराव लेखनिक की नौकरी करते थे। यद्यपि उनकी माताजी मेरी ही पेशंट थी लेकिन पेशंट के नाते अनंतराव मेरे पास पहलीबार ही आए थे।

"सर, आजकल दिनभर काम के बाद शाम को घर आने पर मैं बहुत थक जाता हूँ। शाम को पहली रोटी ठीक तरह से खा सकता हूँ, लेकिन दूसरी रोटी खाते समय कौर मेरे मुँह में ही घुमता रहता है। जबडे के स्नायू इतने दर्द करते हैं कि मुँह खोलना बंद-करना असम्भव हो जाता है। थोडे से विश्राम के बाद फिर चबा सकता हूँ। लेकिन कुछ समय बाद फिर जैसे थे। कई बार निगलना सम्भव नहीं होता! मेरी पत्नी को मेरी आवाज भी कमजोर हुई सी महसूस होती है!"

"ऐसा कब से चल रहा है?"

"ऐसा पिछ्ले चार-पांच हफ्तों से चल रहा है। शुरूशुरू मैं मैंने ध्यान नहीं दिया। लेकिन धीरे धीरे ये बढ़ता ही जा रहा है। इसलिए आपकी सलाह लेने आया हूँ।

जब अनंतराव उनकी तकलीफ के बारे में बता रहे थे तब मैं उनके चेहरे की गतिविधियों का सूक्ष्म निरीक्षण कर रहा था।

"अनंतराव, आप की पलकें अर्धनिद्रा मुद्रा जैसी लग रही हैं। क्या ये बात आपने या घर के किसी सदस्य ने नोटिस किया है?"

"नहीं, मैंने ऐसा कभी महसूस नहीं किया!"

इतने समय से चुपचाप बैठी अनंतराव की पत्नी अब बोली,

"डॉक्टर, आप जैसा कह रहे है, वैसा बदलाव आजकल मेरे ध्यान आने लगा है। इनकी पंखूडियाँ कभी कभी आधी बन्द रहती है और कभी कभी नॉर्मल। अर्थात ये बीमारी का लक्षण है ये मैं समझ नहीं पाई। शाम के समय इनकी आवाज धीरे धीरे धीमी होती जाती है और थोडी देर बाद पूर्ववत हो जाती है। क्या इन तकलीफों का खाने से सम्बन्ध हो सकता है?"

"बिल्कुल ठीका कहा ताईसाहब आपने! आपका निरीक्षण एकदम उचित है।"

"अनंतराव, आपके स्नायू सामान्य आदमी की तुलना में शायद जल्दी थक जाते है। हम एक छोटी सी टेस्ट कर लेते है। आँखे बंद करने वाले स्नायूओं की कार्यक्षमता को टेस्ट करेंगे। अब मेरे कहने के बाद आपकी दोनो आँखे बन्द कर लें। आपकी आँखे मैं मेरे हाथों से खोलने का प्रयास करुंगा। आप आँखे कसकर बन्द करें और आँखे खोलने के मेरे प्रयास विफल करें।"

अनंतराव ने आँखे कस कर बंद की और मैं भरपूर जोर लगाने के बावजूद उन्हें खोल न सका।

"शाब्बास, आपके आँखों के स्नायुओं की शुरुआती शक्ति बिल्कुल नॉर्मल है। अब आप एक मिनिट आँखें कसकर बन्द रखेंगे, मैं फिर जाँच करुँगा।"

उन्होने एक मिनट कसकर आँखे बंद की और मैंने खोलने का प्रयास किया और क्या चमत्कार? उनकी आँखो के स्नायू इतने निर्बल हो गए थे कि में उन्हें आसानी से खोल सका।

अनंतराव की आँखों के स्नायू निर्बल होने की बीमारी का मैंने प्राथमिक निदान अबतक मैंने किया था। अन्य कोई लक्षण नजर नहीं आ रहे थे।

पेशंट की शारीरिक जाँच खत्म होने के बाद मैं उन दोनों से बातें कर रहा था, "देखिए अनंतराव, आपको जो बीमारी है उसे कहते है - स्नायू दौर्बल्य! अंग्रेजी में उसे 'मायस्थेनिया ग्रॅव्हीस' या 'एमजी' कहते है। अर्थात इस बीमारी का निश्चित निदान होने के लिए कुछ टेस्ट आवश्यक है।"

इस विचित्र बीमारी विषयक मेरा निदान सुनकर चोपडे दम्पत्ति चिंताग्रस्त हुई। "डॉक्टर, हम दोनों ही घबरा गए है, कुछ अधिक जानकारी देंगे तो ठीक होगा।"

"इस बीमारी को समझने के लिए शरीरशास्त्र को जान लेना आवश्यक होगा। कुदरत ने शरीर में हलचल होने के लिए स्नायू पेशी की योजना की है। ये स्नायू

पेशियाँ हमारी इच्छानुसार हलचल करती हैं। अर्थात अपने स्नायू हमारे मस्तिष्क के नियंत्रण में रहते हैं। मस्तिष्क के चेतनापेशी केन्द्र में निर्मित आज्ञा 'हलचल करो' योग्य स्नायूतक पहुँचाने का कार्य 'नर्व्हज' या 'नसें' करती है। आज्ञावाहक चेतनातंतू के माध्यम से यह आज्ञा विद्युत तरंगों के स्वरुप में स्नायूपेशी तक पहुँचती है। चेतनातंतु और स्नायूपेशी ये विभिन्न प्रकार की पेशियाँ होकर विशेष स्थानपर एकदूसरे से जुडी होती हैं। इस स्थान को हम 'संदेश संक्रमण केंद्र' कहेंगे। विद्युत तरंगे इस केंद्र को पार नहीं कर सकती हैं। इसीलिए संदेशवहन के लिए इस केंद्र में 'एसीटीलकोलीन' नामक एक रासायनिक रेणु की मदद ली जाती है। अनेक बीमारियों में ये संदेश संक्रमण केंद्र काम करना बंद कर देता है। सर्पदंश से होनेवाली विषबाधा, बासी अन्न से विषबाधा, कीटनाशकों से होनेवाली विषबाधा आदि से भी स्नायुओं की शक्ति कम होती है। मायेस्थेनिया नामक बीमारी में शरीर में कुछ घातक प्रोटिन्स याने अँण्टीबॉडिज तैयार होती है और इन प्रोटिन्स से ये केंद्र कमजोर होता है और मस्तिष्क से आया सन्देश स्नायू तक नहीं पहुँचता। थोडे से विश्राम के पश्चात ये कमजोर संक्रमण केंद्र फिर से कार्यरत होता है और इस प्रकार 'मायस्थेनिया' का उद्भव होता है।''

''डॉक्टर, इस बीमारी का कोई इलाज है या नहीं?''

''जी हाँ, इस बीमारी के ठीक होने के लिए कई उत्तमोत्तम इलाज उपलब्ध हैं। कुछ दवाईयों से इस संक्रमण केंद्र के एसीटिलकोलीन की मात्रा बढाई जा सकती है। स्टेरॉइड नामक दवाइयों से इस संक्रमण केंद्र पर होनेवाले प्रोटिन्स का आक्रमण पराजित किया जा सकता है। अन्य दवा से इन विघातक पेशियों का बढ़ना रोका जाता है। इसलिए अब ज्यादा चिंता किए बिना अगली जाँचें कर अपना निदान निश्चित करते हैं।''

मेरे इतना समझाने से उनके मन पर आया हुआ दबाव निश्चित ही कम हुआ होगा।

''ये कुछ प्राथमिक जाँचें और छाती का एक्स-रे करवाकर आप कल मिलिए। इसी प्रकार दो विशेष जाँचें भी करवाना होगी। पहली, क्या रक्त में विघातक प्रोटिन्स हैं और यदि हे तो उसकी मात्रा क्या है। दूसरी जाँच में आपके स्नायुओं की कार्यक्षमता विद्युत तरंगों द्वारा नापी जाएगी। इसे 'इएमजी' कहते हैं। इन जाँचों की रिपोर्ट आने पर हम अगला इलाज शुरू कर सकेंगे।

कुछ वर्षोपूर्व बॉलीवूड के एक सुप्रसिद्ध 'करोडपति' हस्ती को ये बीमारी होने से 'मायेस्थेनिया' प्रसिद्धि के प्रकाश में आया था। मायेस्थेनिया यद्यपि कम

पाया जानेवाल रोग है फिर भी पिछले पैंतीस वर्षों में मैंने अनेक रोगियों में इस बीमारी का निदान किया है। उनमें से अधिकांश पूर्ण रूप से ठीक है। कुछ रोगियों में 'थायमोमा' नामक ट्यूमर पाया गया जिसे ऑपरेशन से निकाले जाने के बाद पूरी तरह ठीक है। एक दो रोगियों की, उनके ट्यूमर का कॅन्सर में रूपान्तर होने से इस बीमारी के कारण मृत्यु हो गई थी। चिकित्साशास्त्र के साहित्य और संदर्भों से कहा जा सकता है कि इस बीमारी का निदान जितनी जल्दी होगा उतना ही उचित उपाय करना सकारात्मक परिणाम देगा। यदि मस्तिष्क को पता न हो तो आँखों से नहीं दिखेगा इस अर्थ की एक कहावत अंग्रेजी में मशहूर है। ठीक उसी प्रकार डॉक्टर को इस बीमारी की जानकारी ही न हो तो रोगी को निदान होने के लिए योग्य समय की बाट जोहनी पडती है। नित्य नई दवाएँ, आधुनिक दूर्बीन शल्यक्रिया तंत्र के कारण आजकल मायस्थेनिया के रोगी सामान्यतः जान नहीं गंवाते।

दो-तीन दिन बाद अनंतराव रिपोर्टस् लेकर क्लिनिक आए। मेरा निदान सही था। अनंतराव को मायस्थेनिया होना स्पष्ट था। विघातक प्रोटिन्स की मात्रा काफी बढ़ी हुई थी। ईएमजी रिपोर्ट में उनके स्नायु काफी जल्दी जल्दी थक रहे हैं, ऐसा प्रदर्शित हो रहा था।

''अनंतराव, इन रिपोर्टस से स्पष्ट है कि आपको मायस्थेनिया है। ये निदान सुनिश्चित करने हेतु नेओस्टिग्मिन नामक टेस्ट करवानी होती है। किंतु आपकी रिपोर्टस इतनी स्पष्ट है कि हम तुरंत उपाय शुरू करते हैं। आपके छाती का एक्स-रे नॉर्मल है फिर भी छाती में 'थायमोमा' ट्यूमर नहीं है ये सुनिश्चित करने के लिए छाती का 'सीटी स्कैन' करवाना आवश्यक है।''

दूसरे दिन दोपहर में चोपडे दम्पत्ति सीटी स्कैन के साथ आए। ''डॉक्टर साहब, आपकी दवा ने तो कमाल ही दिखाया। कई दिनों बाद कल और आज मैं एक दम में भरपेट भोजन कर सका। लेकिन अब इस स्कैन की रिपोर्ट ने नया टेंशन निर्मित किया है।''

किसी बच्चे की तरह मैं उस रिपोर्ट पर टूट पडा और उनके हाथ से रिपोर्ट छिन ली और पढने लगा।

''चोपडे, आपके लिए एक खराब तो एक खुशी की खबर है। आपकी छाती में हृदय के उपरी हिस्से में मुख्य आर्टरी के पास निंबू के आकार का ट्यूमर है। खुशी की बात है कि उसके आकार से उसमें कैन्सर की सम्भावना नहीं है। ये ट्यूमर ऑपरेशन से निकालने पर आपका 'मायस्थेनिया' हमेशा के लिए ठीक होने की सम्भावना है। मेरे मित्र, जागतिक कीर्ति के सर्जन डॉ. शशांक शाह ने इस

तरह के कई आपरेशन्स सफलतापूर्वक दूर्बीन से किए हैं। हम उनका समय लेकर सलाह लेंगे।

अगले दो हफ्तों बाद ही डॉ. शाह ने अनंतराव की सर्जरी की। तब डॉ. शाह ने फोनपर मुझे बताया, ''सर, ये सर्जरी अत्यंत जटील थी। हृदय और मुख्यरक्तवाहिनी का सतत स्पंदन और उसमें फैला थायमस ग्लैंड का ट्यूमर देखकर मुझे तो परिकथा के अपने फन पर मणी धारण करनेवाले नाग की याद आई। दूर्बीन के माध्यम से यह शल्यक्रिया करना बहुत जटिल था लेकिन भाग्य के साथ देने के कारण कोई अनहोनी नहीं हुई। वो ट्यूमर मैंने पूरी तरह से निकाल दिया है और नमूना हिस्टोपैथॉलॉजी की जाँच हेतु भेजा है। इस अत्यंत जटिल मरीज की शल्यक्रिया करने का अवसर देने के लिए मैं आपका हृदय से आभारी हूँ!''

अनंतराव के ट्यूमर में कैन्सर के संकेत न पाए जाने के कारण वे इस विचित्र बीमारी से पूर्ण रुप से मुक्त हो गए थे।

अनंतराव अब स्वस्थ हो रहे थे। धीरेधीरे उनकी दवाईयाँ भी कम होती गई। लेकिन अभिभूत नजरों से नित्य पूजा करते समय इसका सारा श्रेय 'अनंत का ही है' इस बात को अनंतराव और उनकी पत्नी भूलते नहीं है।

❖❖❖

दाढ़ी में छुपा यमदूत

कोरेगाव-भीमा, पुणे-अहमदनगर रास्ते पर पडनेवाला एक ऐतिहासिक गाँव! इसी स्थान पर दो सौ वर्ष पूर्व पेशवे के वीर सेनापति बापू गोखले ने अनेक अंग्रेजों को मार गिराया था। मराठों के गौरवशाली इतिहास की याद दिलाता युद्धस्तम्भ आज भी ध्यान आकर्षित करता है। इसी कोरेगाव में १९७५ की एक सुबह -

दाढ़ीधारी साधुओं का एक जत्था 'अलख् निरंजन' कहते हुए कोरेगांव में भिक्षा माँग रहा था। बदन पर भगवा वस्त्र, रूद्राक्ष की मालाएँ, हाथ में कमंडल और घंटानाद करनेवाला दंड लेकर ये साधू घरघर की माता-बहनों को आवाज लगा रहे थे। अहमदनगर से पुणे जाते जाते उस दिन कोरेगांव में ही ठहरने की उनकी योजना थी।

इस गट के प्रमुख एक अत्यंत ज्ञानी और तेजस्वी साधू 'मौनी बाबा' थे! नासिक के पास त्र्यंबकेश्वर में उनका आश्रम था। सोमवार को सारा समूह नियमित प्रभात फेरी के लिए निकला तब मौनीबाबा को अस्वस्थता महसूस हुई। हाथ पांव सुन्न हो रहे थे फिर भी वे चलते रहे। लेकिन चलते चलते उनके पांव भारी होते गए। अन्य साधु साथियों ने उन्हें सरपंच के निवास के औसारे पर बिठाया लेकिन फिर उनसे उठते ही नहीं बन रहा था। हाथ में कमण्डल पकडा नहीं जा रहा था। सभी स्नायू कमजोर हो रहे थे। वहीं पर वे लेट गए। गांव के लोगों की भीड जमा होने लगी। बाबा की अवस्था देखकर सरपंच ने उन्हें पुणे के ससून हॉस्पिटल ले जाने की सलाह दी। धार्मिक प्रवृत्ति के सरपंच ने खुद के खर्चे से एक टेम्पो की व्यवस्था कर बाबा को ससून हॉस्पिटल रवाना किया।

सोमवार होने से 'ससून' में प्रोफेसर युनिट की ओपीडी रहती थी। उस दौरान मैं नया नया ही एमडी पास होकर डॉ. सैनानी युनिट में काम कर रहा था। उस दिन की ओपीडी खत्म कर मैं जा ही रहा था कि वॉर्डबॉय के साथ सीएमओ में एक पेशंट देखने जाने का संदेश आया। इस आपात्कालीन विभाग में पहुँचते ही नर्स

मुझे एक मरीज के पास ले गई जो एक साधु था। एक दाढ़ीधारी साधु उसके समीप खडा था।

''कल तक मौनीबाबा ठीक थे, कोई तकलीफ नहीं थी। कल पांव सुन्न हो रहे थे लेकिन आज सुबह से बहुत कमजोरी आ गई है। उनसे चलते नहीं बन रहा है और हाथ की अंगुलिया भी नहीं चल रही है।''

ये सब हिस्ट्री सुनते सुनते मेरा विचारचक्र तेजी से चलने लगा। साधूबाबा के हाथ पांव की ताकद पिछले चौबीस घंटो में ही तेजी से कम हुई थी। क्या कारण होगा? अभी अभी पास की हुई एमडी के कारण मेरा अद्यतन ज्ञान और रेसिडेंट डॉक्टर के नाते ससून में तीन वर्ष का अनुभव होने के कारण मुझे इस प्रकार के पेशंट जाँचने का अच्छा अनुभव था। पेशंट की ऐसी स्थिति अचानक होने का कारण नसों अथवा स्नायुओं की बीमारी रहती है।

जिस प्रकार केबल की रचना में ताम्बे के तार विद्युतरोधी प्लॅस्टिक आवरण में, ऐसे अनेक तारों का गठ्ठा एक बडे आवरण में बंधा हुआ होता है उसी प्रकार नसों के भीतर के चेतनातंतुओं के बाहरी भाग में 'मायलीन' नामक विद्युत अवरोधक का आवरण होता है। जिससे नसों के माध्यम से चलनेवाले संदशों का 'शॉर्टसर्किट' नहीं होता है। कुछ बीमारियों में मायलीन को नुकसान पहुँचने से शॉर्टसर्किट होकर संदेश वाहन में बाधा पैदा होती है और हाथपाँव के स्नायुओं तक मस्तिष्क के संदेश न पहुँचने के कारण पेशंट के मस्तिष्क ने हाथ हिलाने का आदेश देने के बावजूद उसके हाथ के स्नायु हिल नहीं सकते हैं। दूसरी कई बीमारियों में नसों के चेतनातंतु और स्नायु इनका मिलाप जिस संदेश-संक्रमण केन्द्र में रहता है वो केंद्र बेकार हो जाते है परिणामस्वरुप स्नायु अकर्मण्य या लकवाग्रस्त हो जाते हैं। नागदंश की विषबाधा, घर में या खेती में उपयोग में लाए जानेवाले कीटनाशको की विषबाधा, 'बोटूलीनम' नामक जंतु से संक्रमित अन्न, ठीक से न पकाया हुआ माँस और अन्य मांसाहारी पदार्थ खाने से उत्पन्न विषबाधा, ऐसी अनेक बीमारियों में इस संदेश संक्रमण केंद्र पर विपरित परिणाम होने से स्नायुओं का पैरालिसीस हो सकता है। कभी कभी रक्त में पोटैशियम की मात्रा कम हो जाने से स्नायुओं की हलचल कम हो जाती है। ऐसे अनेक कारणों में से निश्चित रुप से कौनसे कारण से साधुबाबा की नसें काम नहीं कर रही थी ये ढूंढना मेरे लिए आवश्यक था।

मैं बाबा की जाँच कर ही था कि डॉ. देशपांडे वहाँ आए। डॉ. देशपांडे बालरोग विशेषज्ञ और आपात्कालीन चिकित्सा अधिकारी थे। उनका अनुभव बृहद था।

''बाबा को 'गियांबारी' हुआ लगता है।

ऐसी बीमारी को 'गियांबारी' या GB सिंड्रोम कहा जाता है। इस बीमारी का वर्णन सबसे पहले गियां व बारी नामक दो डॉक्टरों ने किया था जिसके कारण उन्ही के नाम से ये बीमारी जानी जाती है। ये बीमारी कुछ विषाणु और कभी कभी उन विषाणुओं के लिए दी जानेवाली लस के कारण भी हो सकती है। पचास वर्ष पूर्व जब फ्लू का बडा संक्रमण फैला था तत्पश्चात किए गए प्रतिबन्धात्मक उपाय के रुप में किए गए फ्लू के टीकाकरण के बाद इस बीमारी के काफी मरीज पाए गए थे। पागल कुत्तों के काटने पर लगाए जानेवाले तात्कालीन टीके के कारण भी ये बीमारी कईयों को हुई थी। अर्थात अब प्रयोग में लाए जानेवाले सुधारित टीकों से ये 'गियांबारी' बीमारी होने की सम्भावना नहीं होती है।

''सर्पदंश या अन्य कोई जहरिले असर की सम्भावना नहीं लग रही है। उन्हें आईसीयू में भर्ती कर अगली ट्रिटमेंट देना होगी। संभवत: 'रेस्पिरेटरी परिलिसीस' हो सकता है। ठीक से ध्यान दीजिए।'' डॉ. देशपांडे।

गियांबारी के मरीजों के पहले पाव और बाद में हाथों के स्नायू कमजोर होते हैं। अर्थात पैरालिसीस पैरों की ओर से मस्तिष्क की तरफ फैलता जाता है और अंतत: धीरे धीरे श्वसन के लिए आवश्यक स्नायुओं का पैरालिसीस होने की सम्भावना होती है। इसे ही रेस्पिरेटरी पैरालिसीस कहते हैं। ऐसे समय मरीज को प्राकृतिक श्वसनक्रिया पूर्ववत होने तक कृत्रिम श्वसन देनेवाले व्हेंटीलेटर पर रखा जाता है। ऐसे यंत्र अब बहुतायत में हॉस्पिटलों में उपलब्ध हैं किंतु पैंतीस वर्ष पूर्व ससून हॉस्पिटल में ऐसा एक ही यंत्र उपलब्ध था वह भी बन्द अवस्था में। ऐसी स्थिति में लुहार के यंत्र के भाँती 'बेलोज' नामक यंत्र प्रति मिनट बीस बार हाथ से दबाकर मरीज की सांस कृत्रिम रुप से जारी रखी जाती थी। ये काम पेशंट के रिश्तेदार पेशंट के ठीक होने तक बारी बारी से करते थे।

''देशपांडे सर, आप एकदम सही कह रहे हैं। साधुबाबा का विकनेस जिस गति से बढ रहा है उससे उन्हें वेंटीलेटर पर रखने की स्थिति बन रही है। फिलहाल तो उन्हें भर्ती कर 'स्टेरॉयड' शुरू करते हैं और देखते है क्या प्रतिसाद मिल रहा है।''

'स्टेरॉयड' - हमेशा से हम सुनते हैं वह दवाई! हमारे शरीर में तैयार होनेवाले अनेक हार्मोन्स में से एक हार्मोन! गठियारोग, एलर्जी, दमा अनेक बीमारियों में उसका उपयोग किया जाता है, किंतु अधिक मात्रा में लेने से उसके दुष्परिणाम होते हैं। अनेक झोलाछाप-नकली डॉक्टरों की 'पुडिया' में स्टेरॉयड एक मुख्य घटक

रहता है। इसीलिए अनेक स्वास्थ्य के प्रति जागरुक व्यक्ति स्टेरॉयड के उपयोग से डरते हैं। किंतु योग्य समय यथायोग्य मात्रा में इसका उपयोग संजीवनी जैसा है!

बाबा को गहन चिकित्सा इकाई में रखकर अगले उपचार के निर्देश देकर मैं सीएमओ से बाहर निकला।

सोमवार - हमारे युनिट का ओपीडी का दिन। अर्थात उस दिन २४ घण्टे में आनेवाले गम्भीर मरीज हमारी टीम के जिम्मे होते थे। उनके केस पेपर, हिस्ट्री और ट्रिटमेंट लिखकर उपचार चालू करना। रक्त, मूत्र/युरिन के नमूने लेबोरेटरी में भेजना, एक ना अनेक काम करते करते चौबीस घंटे कब खत्म होते थे पता नहीं चलता था।

मंगलवार को आईसीयू में प्रवेश करते समय बाबा के स्वास्थ्य के प्रति मन में उत्सुकता थी। उनकी बीमारी के बढने की खबर मुझे सुबह ही लग गई थी। शायद उन्हें कृत्रिम श्वासप्रणाली पर रखना पडेगा ऐसा मन ही मन मैंने सोच रखा था। उनकी स्थिति सही में बहुत नाजूक हो गई थी। उनके स्नायु का पावर हो गया था 'ग्रेड झिरो'! श्वास जलदी किंतु उपर उपर चल रही थी। उन्हें नाक में नली डालकर प्राणवायू दे रहे थे। ये आपूर्ति न करने पर उनकी जीभ नीली हो रही थी। अर्थात श्वास की मात्रा बहुत कम होती जा रही थी। अब उन्हें कृत्रिम श्वास देने की आवश्यकता थी।

''सर, बाबा की शीघ्रही 'ट्रेकिओस्टोमी' करना होगी। ही इज डेवलपींग रेस्पिरेटरी पॅरालिसीस!'' इति हाऊसमन डॉक्टर.

ट्रेकिओस्टोमी याने गले पर स्वरयंत्र के नीचे एक छोटीसी शल्यक्रिया कर, श्वासनली को छेद देकर उसमें एक नली लगाई जाती है। उस नली के माध्यम से फेंफडों में हवा भरना आसान हो जाता है। बाबा के ट्रेकिओस्टोमी में मुख्य बाधा थी उनके दाढ़ी की! अनेक सालों से बढ़ाई हुई दाढ़ी से उनकी गर्दन पूर्ण रूप से व्याप्त थी! दाढ़ी सफाचट किए बिना उनकी 'ट्रॅकी' असम्भव थी। कोई भी बड़ा निर्णय लेने से पहले हमारी यूनिट के डॉक्टर सैनानी को यह केस दिखाकर उनकी अनुमति लेना आवश्यक था।

''देखिए डॉ. गरगटे, मैं डॉ. सैनानी को ले आता हुँ, तब तक बार्बर को बुलाकर आप बाबा की दाढ़ी करवा लें और 'ट्रेकी' की तैयारी कीजिए।'' सहयोगी हाऊसमन डॉक्टरों को सूचना देकर मैं निकला।

प्रोफेसर सैनानी एक आदरणीय व्यक्ति। अत्यंत गहन अभ्यासक, ज्ञानी और सूक्ष्म-तीक्ष्ण निरीक्षण शक्ति के धनी डॉ. सैनानी अभी अभी अमेरिका से उच्च

अध्ययन कर लौटे थे। उन्होने अनेक शोध प्रबन्ध और चिकित्साशास्त्र की किताबें लिखी थी। इस सबके बावजूद वे अत्यंत विनम्र थे। सामनेवाला व्यक्ति उम्र व अनुभव में कम होने के बावजूद वे उसके अभिमत सुनते थे। वे हमेशा कहते थे कि ज्ञान अगाध है और किसी एक ही व्यक्ति के लिए ये प्राप्त करना संभव नहीं है।

मैं डॉ. सैनानी को ले जाते समय मौनीबाबा के केस के बारे में बता रहा था। काफी तेज गति से हम आईसीयू में पहुँचे।

सर ने बाबा की फिर से एक बार जाँच की। किसी के कहने पर विश्वास न कर स्वयं को आवश्यक जानकारी प्राप्त करना ये उनकी खासियत थी। 'ससून' के उनके पहले ही पेशंट राऊंड में हमारे युनिट के अनेक मरीजों का नया 'निदान' अर्थात 'डायग्नोसिस' कर पूर्व में निदान किए डॉक्टरों को चकीत कर अपना दबदबा निर्मित किया था।

मौनीबाबा की दाढ़ी निकाल देने के कारण उनका चेहरा ही बदल गया था। नाक-कान-गला विभाग के डॉक्टर 'ट्रैकी' की तैयारी कर चुके थे। बाबा की दाढ़ी करते समय बार्बर ने लगभग एक इंच हिस्सा जख्म होने से बिना काटे वैसा ही रखा था।

''सिस्टर, मुझे एक टॉर्च और मेगनीफाईंग ग्लास चाहिये। सैनानी सर नागपुर से होने के कारण सामान्य रुप से हिन्दी में ही बात करते थे।

मेग्नीफाईंग ग्लास से जख्म का निरीक्षण करते हुए डॉ. सैनानी के चेहरे पर अलग ही भाव आने लगे। मेरे हाथ में ग्लास देते हुए बोले, 'जरा गौर से देखिए'। मुझे दिखा कि उस घाव पर कीड़ा है।

''डॉ. शिंदे, ये किटाणू सामान्य नहीं है। शायद यह एक टिक है। समझे ना, 'डॉग टिक!'

'टिक' शब्द से हम सबकी ट्यूब जली। टिक यानी केशकिट जो सामान्यत: कुत्ते, गाय, घोडे इन जानवरों के बदन पर चिपकता है और रक्त का शोषण करता है। वो अनेक दिन चिपक कर रह सकता है। रक्त पीकर मोटा होने से फूलने पर वो फिसलकर गिर जाता है। इन कीटों से कई बीमारियाँ फैल सकती है। टायफस और 'क्यू' फिवर नामक ज्वर, त्वचा पर फूंसियाँ होकर गठिया रोग में परिवर्तित होनेवाली 'लाईम' बीमारी, ऐसी अनेक बीमारियाँ दुनिया तथा हमारे देश में भी पाई जाती है। कुछ विशिष्ट प्रजातिवाले केशकीट चिपकने के बाद नहीं पर एक जहर छोडते हैं जिस कारण से कुत्ता या अन्य जानवर के स्नायू दुबर्ल होते हैं और श्वसन प्रणाली बन्द होकर मर जाते हैं। कभी कभार ये केश कीट आदमी के शरीर पर चिपकता है और रक्त शोषित करता है। कुछ विशिष्ट प्रजाति के केशकीट ही

जहरीले होते हैं। केशकीट निकाल देने पर उसके जहरीले दुष्परिणाम कुछ ही समय में ठीक होते हैं।

''देखिए, ये केस टिक पेरालिसीस का हो सकता है। पहले उस टिक को निकाल दो और फिर देखो यह पेशंट सुधरता है कि नहीं। यदि ये ठीक होता है तो अपना डाइग्नोसिस सही था। और हाँ, टिक को सम्हाल के निकालो, उसे क्रश मत करो।'' डॉ. सैनानी।

अगले कुछ क्षणों में मैंने एक आर्टरी फोर्सेप याने चिमटे से उस केशकीट को धीरे धीरे पूर्ण रुप से बाहर निकाला।

आश्चर्य की बात याने मौनीबाबा के स्नायू की शक्ति तीन-चार घंटे में ही पूर्ववत हो गई और बाबा उठकर बैठ गए। ट्रॅकी की जरुरत ही नहीं पड़ी। मेरे सायंकालीन राऊंड के समय बाबाने खडे होकर मेरा स्वागत किया। उनके पैरालीसिस का नामोनिशान खत्म हो गया था। लेकिन इतने वर्ष संभालकर रखी हुई बाबा की दाढ़ी चली गई थी। उनकी अनमोल जान बच गई थी। अधिक जानकारी लेने पर निष्कर्ष ये था कि हमेशा उनके आसपास रहने-सोनेवाले पालतू कुत्ते-खंडू ने शायद इस टिक का प्रसाद बाबा को टिकाया था।

अगला संयोग ये था कि, मौनीबाबा के दाढ़ी में छुपे हुए यमदूत को ढूंढनेवाले डॉ. सैनानी को उसी वर्ष का 'सर्वोत्कृष्ट चिकित्साशास्त्र शिक्षक' का 'डॉ. बी.सी. रॉय पुरस्कार' घोषित हुआ और हम सब फूले नहीं समाएँ।

कुल मिलाकर कहा जा सकता है कि डॉक्टर की उपाधि प्राप्त करना आसान है, परंतु सैनानी सर जैसी काकदृष्टी और परीक्षण क्षमता प्राप्त करना महाकठीन!

❖❖❖

असली घी की असलियत

मई, १९७९, शादी-व्याह की धामधूम वाले दिनों में से एक दिन।
शिर्डी के पास कोपरगांव का धरणगांव।

पूरा वातावरण मंगल स्वर और स्वादिष्ट भोजन के सुगंध से भरा हुआ। भोजन की पहली पंक्ति खत्म होकर दूसरी की तैयारी चल रही है। इतने में शोर सुनाई दिया। तीस साल का एक मेहमान पान खाते खाते, बातें करते करते अचानक चक्कर आकर गिर गया। उसके दांत चिपक गए थे और उसकी आँखें सफेद हो गई थीं। थोडी ही देर में उसके हाथपाँव में जकडन आकर मुँह में फेन आ गया था। आसपास के लोग उसे घेरे खडे थे। किसी ने उसके कपडे ढ़ीले किए तो किसी ने प्याज सुंघाया। उसको आनेवाले झटके रुककर अब वो बेहोश अवस्था में था। उसी समय एक और मेहमान ये सब देखकर चक्कर आने का कहकर बैठ गया। उसे एक जोरदार उल्टी भी हुई। अन्य मेहमानों ने उसे भी नीचे लिटाया और उसे भी 'झटके' आना शुरु हो गए। बिल्कुल पहले मेहमान की तरह। एक ही मण्डप में दो मेहमानों को एकही प्रकार के झटके लगने से ये कुछ अलग मामला है ऐसी चर्चा मण्डप में शुरु हो गई। पडौसी डॉक्टर जाधव को बुलाने भेजा गया। उतने में ही एक और मेहमान को झटके आने लगे। अब तो मण्डप में खुशी गुल होकर ड़र निर्माण हो गया। अब अगला नम्बर किसका? हर व्यक्ति चिंतित होने लगा। सिर्फ खाना खा चुके व्यक्तियों को ही 'झटके' आ रहे थे ये स्पष्ट हो चुका था। अब तक डॉ. जाधव उनके कम्पाउंडर व नर्स के साथ मण्डप में आ चुके थे। उन्होने 'झटका' मरीजों की जाँच की। तब तक और दो मेहमान झटके खाने लगे थे। अन्य चार-छह लोगों को चक्कर तो कुछ को उल्टियाँ हो रही थीं। बचे हुए सभी भयभीत थे। सारी परिस्थिति का अध्ययन करने के बाद डॉ. जाधव ने भोजन से विषबाधा होने की सम्भावना जताई। सभी प्रभावितों को कोपरगाव म्युनिसिपल हॉस्पिटल में भर्ती कराने की सलाह दी। इस विषबधा का समाचार पूरे मण्डप में फैल गया। दूसरी

पंक्ति में बैठे लोग अधूरा भोजन छोडकर खाली पेट उठ गए। यजमान की स्थिति तो दयनीय हो गई। थोडी ही देर में सभी विषबाधित मरीजों को एक ट्रेक्टर-ट्रॉली में कोपरगाव भेजा गया। अन्य लोग भी म्युनिसिपल हॉस्पिटल की ओर चल पडे।

कोपरगाव मेरा ननिहाल है। भरपूर पानी, गन्ने की खेती, शक्कर कारखानों के कारण सम्पन्न किसानों का गांव। उस दौरान गांव में स्थानीय विशेषज्ञ डॉक्टर्स नहीं थे। सप्ताह में एकबार पुणे से विशेषज्ञ डॉक्टर्स वहाँ जाते थे। मैं भी गुरुवार को पुणे का क्लिनिक बन्द रख कोपरगाव विजिट के लिए जाता था। मेरे सहपाठी मित्र और वहाँ के एकमात्र एनेस्थेशियालॉजिस्ट डॉ. सुभाष मुंदडा वहाँ पार्षद थे। उन्हीं की अनुशंसा से वहाँ के म्युनिसिपल हास्पिटल में मानद विशेषज्ञ के रुप में मेरी नियुक्ति हुई थी। उपरोक्त दुर्घटना संयोग से गुरुवार को होने से मैं कोपरगाव में था। अन्यथा सन्नाटे में रहनेवाले हॉस्पिटल के दोनों मेडिकल ऑफिसर्स की मदद के लिए अनेक सेवाभावी डॉक्टर्स, नर्स एवं अन्य सेवकवर्ग सभी मरीजों को योग्य उपचार देने में व्यस्त थे। पंद्रह बिस्तरों वाला हॉस्पिटल पूरी तरह भरा था। अनेक मरीजों को जमीन पर लेटाकर उनपर उपचार जारी था। उन्हें सलाइन लगाकर 'कम्पोझ' और 'गार्डिनाल' अर्थात झटकों के लिये उपयोग में आनेवाले इंजेक्शन दिए जा रहे थे। लगभग दस मरीज झटकों से ग्रस्त थे तो पंद्रह लोगों में आंशिक असर था। इनमें महिलाएँ एवं छोटे बच्चे भी शामिल थे।

मैंने सभी मरीजो की जाँच करने के पश्चात इन सब को 'क्लोरीन' युक्त कीटनाशक की विषबाधा होने की सम्भावना व्यक्त की। डॉ. मुंदडा ने आवश्यकता पडने की सम्भावना देखते हुए अहमदनगर से 'गार्डीनाल' दवा की समुचित मात्रा मंगवाकर रख ली। अगले दो घंटों में वहाँ की स्थिति नियंत्रण में आ गई थी। अब नये मरीज नहीं आ रहे थे, पुरानों के झटके बन्द हो गए थे और सभी मरीज खतरे से बाहर लग रहे थे। अब हम सभी डॉक्टरों को विचार करने की फुरसत हुई थी। हॉस्पिटल के बरामदे में सभी डॉक्टर्स और मण्डप के उत्साही लोग मिलकर घटित घटना की चर्चा कर रहे थे। मैंने ये सारी विषबाधा 'एन्ड्रीन' नामक किटनाशक के कारण होने का मेरा मत व्यक्त किया।

क्लोरिनयुक्त किटनाशक में पहली दवाई - 'डीडीटी'! मच्छरनिर्मूलन के लिये लगातार अधिक उपयोग करते रहने के कारण उसका असर कम होने लगा। नया आया 'एन्ड्रीन' बहुत प्रभावशाली होने से उस दौरान घरों में और खेतों में उसका बडी मात्रा में उपयोग होने लगा था। एन्ड्रीन ये अत्यंत जहरीला किटनाशक था और तैलीय-स्निग्ध पदार्थों में तुरंत घुल जाता था। गलती से ये दवा पेट में चली

जाए तो उसका जहरीला असर मुख्यत: मस्तिष्क पर होता है। मरीजों को बार-बार झटके आने लगते हैं, बेहोश हो जाते है और परिणामस्वरुप श्वसनक्रिया बन्द होने से मृत्यु भी हो जाती है। देहातों में आपसी विवाद-लड़ाई में विरोधी पक्ष के जानवरों के चारे में 'एन्ड्रीन' छिडककर सारा पशुधन खत्म करने के कई मामले प्रकाश में आए हैं। इसी पृष्ठभूमि में आज की विषबाधा षडयंत्र या दुर्घटना, ऐसी चर्चा शुरु हो गई थी। अब तक स्थानीय पुलिस ने अन्न के नमूने सील कर जाँच शुरु कर दी थी।

अन्न के माध्यम से इस प्रकार की विषबाधा किस पदार्थ से हुई होगी, इसे ढूंढने की एक निश्चित प्रक्रिया हमें चिकित्सा महाविद्यालय में सिखाई जाती है। उस पद्धति के अनुसार मैंने अन्य डॉक्टरों की सहायता से बडे कागज पर एक टेबल बनाया। इस टेबल में किसी स्प्रेडशीट की तरह खडे और आडे खाने थे। खडे खानों में प्रत्येक में एक पदार्थ का नाम तो आडे खानों में प्रत्येक खाने में भोजन किए व्यक्ति ने खाए पदार्थ को दर्ज करना। थोडे समय में ही ये टेबल तैयार हो गया था। अब हमें ऐसा पदार्थ ढूंढना था जो केवल विषबाधित व्यक्तियों ने ही खाया था। मैंने और डॉ. मुंदडा ने इस टेबल का अध्ययन किया। लेकिन खोजने में हम असफल हो गए। सारी मेहनत फिजूल हो गई ऐसा लगने लगा। लेकिन डॉ. मूंदडा हार माननेवालों में से नहीं थे। उन्होने यजमान को बुलाकर मुख्य रसोइये को बुलवाया। वो डरते डरते हमारे सामने आया। हमने सारे पदार्थों के नाम गिनाएं। वो थोडी देर के लिए विचारमग्न हुआ और बोला, ''साहब इस में सारे पदार्थों के नाम है केवल 'घी' को छोडकर। सच पूछो तो सुबह मैं भी घी लाना भूल गया था। हम हमेशा 'वनस्पति घी' का प्रयोग करते हैं। लेकिन यजमान का आग्रह था कि मेहमानों के लिए गाँव में बना घी ही उपयोग में लाएँ। तब हमने ऐन वक्त पर घी मंगवाया।'' हमने हमारे टेबलपर 'घी' लिखा और फिर मरीजों में घुमाकर अपडेट किया। क्या आश्चर्य? सभी पीड़ितों ने घी पर निशान लगाया। अर्थात विषबाधा घी के कारण होना सिद्ध हो गया। अब सभी डॉक्टर उत्साह में आ गए। रसोईया वहाँ पर ही खडा था। ये सब सुनकर वो डर गया। उसे लेकर अगली जाँच के लिए हम फिर मण्डप में गए। वहाँ पुलिसवाले पंचनामा लिख रहे थे। हमारा निष्कर्ष उन्हें बताने पर उन्होंने घी का बर्तन वहाँ मंगवाया। देखते ही हमारी आँखें फटी रह गई। क्यों कि वो बर्तन याने 'एन्ड्रीन' का खाली डब्बा था। इतने साफ धुले डब्बे से ऐसा संक्रमण कैसे हो सकता है ऐसा अविश्वास पुलिस के चेहरे से दिख रहा था। लेकिन ऐसे डिब्बे के किटनाशक की अतिसूक्ष्म मात्रा भी तैलीय पदार्थ में घुलकर विषबाधा निर्मित कर सकती हैं ये इतने विषबाधित लोगों को देखकर साबित हो गया था।

यजमान की खुशकिस्मती से कोई मृत्यु नहीं हुई थी। उन्होंने हॉस्पिटल के डॉक्टर्स, कर्मचारी और कोपरगाव मेडिकल एसोसिएशन का आभार व्यक्त किया।

अगले कुछ वर्षों में ही देश के विभिन्न भागों में एन्ड्रीन के दुष्परिणाम देखते हुए सरकार ने इसे पूरी तरह से प्रतिबन्धित किया। अब क्लोरिनयुक्त अन्य किटनाशक उपलब्ध हैं और आत्महत्या के उद्देश्य से विषप्राशन किए मरीज आज भी आही जाते हैं। लेकिन ये किटनाशक का उपयोग करते समय ली जानेवाली सावधानियों के विषय में उचित लोक शिक्षा और खाली डिब्बों के निपटारे हेतु कडे नियम बनने से कोपरगाव 'पैटर्न' की दुर्घटनाएँ काफी सीमित हो गई हैं।

❖❖❖

गरीब मरीजों के लिए देवदूत

पुणे के समीप एक छोटासा गांव। नाम - साखर। वहाँ से थोडी दूरी पर कच्चे रस्ते पर एक इलाका है - भोसलेवाडी नामक वाडी।

यहाँ एक बत्तीस वर्षीय गुलाब भोसले नामक युवक किसान आधे एकड में चावल की खेती कर जैसे तैसे अपने दस सदस्यीय परिवार का पेट भरता था। आजकल उसका स्वास्थ्य ठीक नहीं रहता था। बारबार वह अपनी पत्नी से कहता था कि थोडासा चलने पर, वजन उठाने पर, उपर नीचे चढने उतरने पर सांस फूल जाती है। थोडा आराम करने पर ठीक लगता था। लेकिन धीरे धीरे तकलीफ बढ़ ही रही थी। अतः दोनों ने साखर गांव जाकर डॉ. मुळे को दिखाना तय किया।

डॉ. मुळे साखर के पुराने और एकमात्र डॉक्टर! उत्तम ज्ञान और सेवाभावी प्रवृत्ति के कारण आसपास के इलाके में वे प्रसिद्ध व लोकप्रिय थे। उन्होने गुलाब की शिकायत सुन ली और जाँच की। स्टेथोस्कोप लगाते ही उन्हें लगा कि इसे सामान्य बीमारी न होकर कुछ और है और इसे अगली जाँच के लिए पुणे भेजना चाहिये।

''गुलाब, यों तो तुम ठीक लगते हो, लेकिन चलते हुए सांस भरना, दम लगना अच्छे लक्षण नहीं है। तुम पुणे जाकर छाती का एक्स-रे, रक्त व यूरीन की जाँच करवा कर आना। गुलाब की पत्नी ने स्थिति की गंभीरता को भांप लिया। उसने तुरन्त कहा, ''डॉक्टर, आप हमें चिठ्ठी दें, मैं इन्हें लांडगे वकील जी के साथ पुणे भेजती हूँ।

डॉ. मुळे मेरे निकट के मित्र थे। उन्होंने ऐसे अनेक मरीज वैद्यकीय सलाह के लिए मेरे पास भेजे होने के कारण और अपने विनम्र स्वभाव के चलते हमारे सम्बन्ध केवल व्यावसायिक न होकर अपनेपन के थे। डॉ. मुळे की चिठ्ठी लेकर गुलाब मेरे पास आया। वह अठ्ठारह वर्ष पूर्व का प्रसंग मुझे आज भी याद है।

''डॉ. मेरी हालत जरा ज्यादा खराब है, मुझे यदि जल्दी जाँचेंगे तो ठीक होगा।'' गुलाब के साथ एक बातूनी और सुशिक्षित व्यक्ति थे, 'लांडगे वकील'

गुलाब यों तो ठीक लग रहा था। वो कहने लगा, ''डॉक्टर, अभी मैं बैठा हूँ, कोई तकलीफ नहीं। लेकिन थोडासा चलने पर साँस फूल जाती है और मुझे रुकना ही पडता है। इतना मेहनती मैं, लेकिन अब कुछ नहीं कर पाता हूँ। आपके क्लिनिक का चढ़ाव चढते समय मैं दो बार रुका।'' उसकी बातें सुनकर मैं चौंक गया।

''तुम्हें दम लगता है तब छाती में दर्द होता है क्या?'' उसका ब्लडप्रेशर देखते देखते मैं उसे बातें कर रहा था। ''मुझे केवल दम लगता है, दूसरा कुछ भी नहीं होता!''

गुलाब की जीभ लाल थी याने रक्त की कमी की सम्भावना नहीं थी। अन्यथा ऐसी तकलीफ होने का पहला कारण यानी रक्तक्षय या एनिमिया! फिर अब मात्र दो मुख्य कारण बचे। एक - हृदयरोग या दो - फेंफडों की बीमारी! शारीरिक जाँच में हृदय ठीक था। हृदय का रक्ताभिसरण का कार्य उत्तम चल रहा था। उसके पैरों के पंजों पर सूजन नहीं थी। छाती में या हृदय के आसपास पानी जमा नहीं हुआ था। फेंफडों में टी.बी. या दमा जैसा कोई रोग नहीं था। फिर गुलाब को ऐसी तकलीफ क्यों हो रही थी?

''गुलाब, तुम्हारी शारीरिक जाँच में तो कोई दोष नजर नहीं आ रहा है। तुम्हारा ईसीजी लेकर हृदय के कम्पन का लेखाजोखा देखना पडेगा।'' गुलाब का ईसीजी भी नॉर्मल आया। मैंने उन्हें छाती का एक्स-रे निकालने भेजा।

थोडी ही देर में एक्स-रे लेकर, रक्त, यूरीन की रिपोर्ट लेकर वापस आए। एक्स-रे बिल्कुल नॉर्मल था। हृदय का आकार और फेंफडों में कोई दोष नहीं था। हेमोग्लोबीन, रक्तशर्करा और युरिया की मात्रा भी ठीक थी। डायबेटीस और किडनी की बीमारी भी नहीं थी। अब एक ही सम्भावना बची थी। हृदय को होनेवाली रक्त की आपूर्ति में बाधा निर्मित होने की।

ऐसी बाधा उत्पन्न होनेपर चलते समय छाती भर आने को एंजायना कहते हैं। चलनेपर छाती में दर्द शुरु होना और रुकने पर दर्द का रुकना। लेकिन गुलाब को चलने पर छाती में दर्द नहीं होता था केवल दम भर रहा था। इससे स्पष्ट था कि उसके हृदय के बाएँ कोरोनरी रक्तवाहिनी के शुरुवाती हिस्से में बाधा आना सम्भावित था। इस हिस्से को 'लेफ्ट-मेन' कहते हैं। मेरे मित्र और विख्यात हृदय शल्य विशारद डॉ. नितू मांडके को भी ऐसे ही हिस्से में हृदय विकार होने से उनका दु:खद निधन होना सर्वज्ञात है।

रुबी हॉल क्लिनिक में सम्पर्क कर मैंने गुलाब का 'स्ट्रेस टेस्ट' करने की व्यवस्था की। इस टेस्ट में मरीज को 'ट्रेडमील' नामक मशिन पर चलना पडता है

और ईसीजी निकाला जाता है। चलने से हृदयक्रिया की गति बढती है और यदि हृदय के रक्तवाहिनी में गतिरोध है तो हृदय को आवश्यक रक्त समुचित मात्रा में नहीं मिल पाता है तो फिर छाती में दर्द होने लगता है और ऐसे समय ईसीजी में हृदय के स्नायुओं को प्राणवायु या ऑक्सीजन की कमी होने के लक्षण सामने आते हैं जिससे हृदयरोग का निदान हो पाता है। सामान्य व्यक्ति सामान्यत: दस मिनिट ट्रेडमिल पर चल सकता है। लेकिन गुलाब मात्र पंद्रह सेकंड ही चल पाया। उसके ईसीजी में काफी उतार-चढाव दिखने से और साँस फुलने से 'स्ट्रेस टेस्ट' को रोकना पडा। गुलाब का स्ट्रेस टेस्ट 'स्ट्राँग पॉजिटिव' था। अर्थात गुलाब गंभीर रुप से हृदयरोग से पीडित था।

फोन पर ही उसकी रिपोर्ट मिलने के बाद मैंने मेरे मित्र डॉ. परवेज ग्रँट से बात कर गुलाब का निदान सुनिश्चित करने के उद्देश्य से उसे भर्ती कर लिया। अब अगली जाँच याने कोरोनरी एंजिओग्राफी! इस जाँच में हृदय की रक्तवाहिनियो के फोटो लिए जाते हैं और उन में हृदय की तीन रक्तवाहिनीयों में कहाँ और कितना गतिरोध है, इसका सौ प्रतिशत निदान हो सकता है।

अब सवाल उठा खर्च का! एंजिओग्राफी का अनुमानित व्यय रु. दस हजार था। गुलाब कमजोर आर्थिक स्थिति देखते हुए डॉ. ग्रँट ने पांच हजार में उसकी 'एंजिओग्राफी' करना मान्य किया। उसी दिन सायं पांच बजे उसकी 'एंजिओ' की गई। भारत में सबसे अधिक याने एक लाख से भी ज्यादा एंजिओग्राफी करनेवाले विख्यात डॉ. चंद्रशेखर मखले ने उनकी 'एंजिओ' की। पहले शूट में जो चित्र कम्प्यूटर के परदे पर दिखा वो देखकर मखले सर के हृदय की धडकनें भी अनियमित हो गई होगी।

गुलाब की 'लेफ्ट मेन' रक्तवाहिनी ९५% बन्द थी। बाल की मोटाई के बराबर का ही रक्तप्रवाह आगे सरक रहा था। दाहिनी कोरोनरी जैसे तैसे हृदय को आवश्यक रक्त की आपूर्ति कर रही थी और केवल इसी कारण से गुलाब जीवित था। गुलाब के हृदय की गति एंजिओ करते समय रुकी नहीं इसलिए ईश्वर के प्रति आभार व्यक्त करते हुए डॉ. मखले ने एंजिओग्राफी खत्म की।

डॉ. परवेज ने लांडगे वकील जी को अपने केबिन में बुलाकर 'एजिओग्राफी' से निकले निष्कर्ष से गंभीरता की जानकारी दी। गुलाब के जीवन को किस प्रकार से खतरा है, की जानकारी वे अपनी पारसी-मराठी में बता रहे थे तब मैं वहीं था। किसी सिद्ध ज्योतिषी की तर्जपर जन्मकुण्डली बिछाकर गुलाब के जीवन के अशुभ योग वे अपनी कम्पित आवाज में बता रहे थे। उसकी जान खतरे में थी। उसकी

'लेफ्ट मेन' आर्टरी याने रक्तवाहिनी किसी भी क्षण बन्द होने की सम्भावना थी। उसे बचाने के दो ही विकल्प थे। पहला था 'एंजिओप्लास्टी'!

इस विकल्प में रक्तवाहिनी में केथेटर के माध्यम से एक बलून डालकर उसे जहाँ रक्तवाहिनी सिकुड गई है उस स्थान पर फुला कर रक्तवाहिनी को बड़ा किया जाता है। ये बडी की हुई जगह फिर से बंद न हो इसलिए उसी केथेटर के माध्यम से ही 'स्टेंट' लगाया जाता है जिससे सिकुडी हुई रक्तवाहिनी का गतिरोध दूर होकर रक्तप्रवाह पूर्ववत हो जाता है। ऐसी एंजिओप्लास्टी डॉ. परवेज और उनके कई सहयोगी कर सकते थे लेकिन 'लेफ्ट मेन' एंजिओप्लास्टी उस समय के दौरान दुनिया में केवल एक ही व्यक्ति कर सकता था फ्रान्स के डॉ. मार्क सिल्वेस्ट्री! डॉ. मार्क नियमित रुप से रुबी हॉल में आकर ऐसी प्लास्टी करते थे। लेकिन उनके नियोजित आगमन तक रुकने का समय गुलाब के पास नहीं था।

अब दूसरा विकल्प 'बायपास सर्जरी' का था। इस शल्यक्रिया में सिकुडी हुई रक्तवाहिनी के अगले हिस्से को नई रक्तवाहिनी से जोडकर बाधित रक्तप्रवाह नई रक्तवाहिनी के माध्यम से किया जाता है। बायपास सर्जरी करते समय हृदय व फेंफडों का कार्य 'हार्ट-लंग' मशिनद्वारा करवाया जाता है और मरीज की हृदयक्रिया पूर्णरुप से रोककर उसकी रक्तवाहिनियों को जोडने का काम किया जाता है। वर्तमान में हृदयशल्यक्रिया में हुई प्रगति के कारण हृदयक्रिया न रोककर भी बायपास सर्जरी की जाती है। लेकिन तब ये सुविधा उपलब्ध नहीं थी। इसलिये शल्यक्रिया का शुल्क अधिक था। डॉक्टर ने यदि अपनी फीस नहीं भी ली तो भी शल्यक्रिया का अन्य खर्च ज्यादा था। इसलिए गुलाब के ऑपरेशन में कमसे कम पैंसठ हजार रुपये खर्च अनुमानित था।

ऐसी शल्यक्रिया हेतु दानवीर व्यक्ति, धर्मादाय न्यास, प्रधानमंत्री, मुख्यमंत्री राहत कोष, महापौर कोष ऐसे अनेक स्त्रोतों से मदद की सम्भावना थी। किंतु उसके लिए आवेदन, मंजूरी, पैसे प्राप्त होना आदि औपचारिकताओं में चार-पांच सप्ताह लगनेवाले थे। गुलाब के पास तो पैसे की व्यवस्था नहीं थी।

''सर, मैं यदि मेरी पूरी जमीन बेचता हूँ तो भी बीस हजार रुपये से ज्यादा नहीं मिलेंगे। मेरे लिए इतने रुपयों की व्यवस्था करना असंभव है। जमीन बेचकर मेरे परिवार के जीवन निर्वाह का साधन समाप्त करने के बजाए मेरा मरना ही ठीक है!''

अकेला गुलाब नहीं मरनेवाला था तो उसपर आश्रीत दस लोगों का परिवार भी रास्तेपर आनेवाला था। पैसे की व्यवस्था करने लायक समय भी उसके पास नहीं था।

उस रात को भोजन के वक्त मैं उदास था। मेरी पत्नी को मेरे उदासी की आहट मिलने से मैंने उसे गुलाब के बारे में बताया। मेरी पत्नी - माधुरी ने तुरन्त सुझाव दिया - "आप उसे साईबाबा के हॉस्पिटल क्यों नहीं भेजते? मैं एकदम चौंक गया। श्री सत्यसाईंबाबा के हॉस्पिटल के बारे में काफी सुना था। हृदयशल्यक्रिया करनेवाले भारत के सात उत्तम हॉस्पिटलों में एक - श्री सत्यसाई हॉस्पिटल था। एक भी पैसा लिए बिना शल्यक्रिया करने के लिए ये हॉस्पिटल सुविख्यात था। देशविदेश के अनेक विशेषज्ञ वहाँ अपनी सेवाएँ देते हैं। पुणे के विख्यात हृदयशल्य विशारद डॉ. अशोक कानेटकर भी वहाँ एक साल सेवा दे कर आए थे।

उसी रात मैंने डॉ. कानेटकर से फोनपर सम्पर्क कर उन्हें सारी जानकारी दी। उन्होने एडवोकेट लांडगेजी को दूसरे ही दिन 'पुट्टपर्ती' कैसे जाया जाए, इसका मार्गदर्शन किया साथ ही सत्यसाई हॉस्पिटल के डॉ. सफाया के लिए सिफारिश पत्र भी दिया। सत्यसाई हॉस्पिटल में निःशुल्क शल्यक्रिया होने से स्वाभाविक रुप से भीड़ रहती है और शल्यक्रिया हेतु छह माह तक रुकना पडता है। डॉ. कानेटकर ने सिफरिश पत्र में विशेष रुप से लिखा कि, "गुलाब, मरीजों की कतार में रुक नहीं पाएगा, कृपया उसके ऑपरेशन हेतु प्राथमिकता देवें। उसके अकेले की जान बचाना याने परिवार के दस लोगों की जान बचाने जैसा है।"

उसी शाम एडवोकेट लांडगेजी और गुलाब पुट्टपर्ती के लिए रवाना हुए।

नित्यक्रम के अगले दस दिन कैसे बित गए पता ही नहीं चला। ग्यारहवें दिन दोपहर तीन बजे के करीब 'गुलाब का फुल' हाथ में लेकर गुलाब और एडवोकेट लांडगेजी मेरे क्लिनिक में आए। "आज आपका चढाव चढ़कर आया तो सांस नहीं फूली!" गुलाब ने कहा। वो मेरे लिए गुलाब के फुल के साथ श्री सत्यसाईबाबा का फोटो लाया था, जो आज भी मेरे पास है।

आज इस घटना को बीस साल हो चुके हैं। गुलाब का स्वास्थ्य एकदम अच्छा है। उसके परिवार की स्थिति में भी सुधार हुआ है। आज भी श्री सत्य साईबाबा का फोटो उसके पूजा घर में है। कई लोगों के मतानुसार साईबाबा विवादग्रस्त अध्यात्मिक गुरु होने के बावजूद गुलाब जैसे अनगिनत मरीजों के लिए तो वे देवदूतही हैं!

❖❖❖

दिल तड़प तड़प के कह रहा है आ भी जा

हृदयक्रिया रुकने पर आगे क्या? अर्थात हृदयक्रिया बंद होनेपर मृत्यु इस विषय पर अनेक लेखक, नाटककार, सिनेमा के पटकथा लेखक और तत्वज्ञानियों ने किया हुआ लेखन आपने पढ़ा ही होगा लेकिन हृदयक्रिया बन्द होने के बाद याने लौकिक अर्थ में मृत्यु के पश्चात भी जिंदा कर उत्तम जीवन जीने का जादू केवल डॉक्टर ही कर सकते हैं। मेरे मरीजों के बारे में ऐसा अनेक बार हुआ है। उनमें से कुछ मरीजों के हृदय ने लिए ''छोटेसे अवकाश'' के संदर्भ में कुछ किस्से सुनना आप निश्चित ही पसन्द करेंगे।

सन् १९८० की बात है। सारसबाग के समीप के हरजीवन हॉस्पिटल में लगभग पैंसठ वर्षीय व्यक्ति सीने में दर्द के इलाज हेतु भर्ती हुए। डॉ. मनोहर शेठ ने हृदयाघात का प्राथमिक निदान कर उस मरीज को जाँचने और ईसीजी के लिए मुझे फोन किया।

दादाजी को अचानक सीने में दर्द के चलते उनकी पत्नी और बेटा उन्हें लेकर आए थे। उन्हें भरपूर पसीना आने से उनके कपडे गीले हो गए थे। पेन किलर का इंजेक्शन दिया होने से अब दर्द में कमी आई थी। कृत्रिम प्राणवायु की आपूर्ति की जा रही थी। मैंने ईसीजी लिया। डॉ. शेठ वहीं खडे थे। ईसीजी, दादाजी को तीव्र हृदयाघात होना प्रदर्शित कर रहा था।

जब हृदयाघात होता है तब अपने हृदय की तीन मुख्य रक्तवाहिनीयों में से एक या उसकी शाखा में रक्त का थक्का निर्मित हो जाता है। इससे रक्त की आपूर्ति रुक रुक कर होने से या बिल्कुल ही न होने से वह हिस्सा काम करना बन्द कर देता है और हृदयक्रिया में बाधा उत्पन्न हो जाती है। कभी कभी बन्द भी हो जाती है। कुछ ही घंटों में रक्त की आपूर्ति यदि शुरू नहीं हुई तो पूरी तरह निष्क्रिय हो

जाता है। हृदय का उस हिस्से का स्नायु मर जाता है। आज कल इस रक्त के थक्के को दवा के माध्यम से गलाना सम्भव हो गया है या एंजिओप्लास्टी से फिर से रक्तप्रवाह पूर्ववत किया जाता है। बीस वर्ष पूर्व चिकित्साशास्त्र में ऐसी प्रगति या दवाएँ नहीं थी। हार्ट अॅटॅक आने पर हृदय के स्नायू का प्रभावित हिस्सा शांति से निष्क्रिय होने देना और मरीज की हृदयक्रिया बन्द होने से रोकना इतना ही काम हम डॉक्टर्स उस दौरान इंटेंसिव केअर युनिट में करते थे। ऐसे आईसीयु भी कुछ ही हॉस्पिटलों में उपलब्ध थे।

दादाजी का सतत बना हुआ दर्द, पसीना और एक सौ के आसपास का ब्लडप्रेशर देखते हुए यह हृदयाघात बड़ा था। ऐसे मरीजों के जीवित रहने की सम्भावना कम होती है। इसीलिए मैंने और डॉ. शेठ ने उनके रिश्तेदारों को स्थिति की गंभीरता बताते हुए उन्हें रुबी हॉल के आईसीयु में भर्ती करने की सलाह दी। रिश्तेदार भी तैयार हुए। हॉस्पिटल की एम्ब्युलेन्स तैयार ही थी। उनका पुत्र हमारे पहले ही 'रुबी' के लिए निकल गया था। मैं एम्ब्युलेन्स में पल पल में ईसीजी देख रहा था। किंतु दुर्भाग्य से थोडी ही दूरी पार करने के बाद दादाजी ने आंखें फेर ली। ईसीजी उनकी हृदयक्रिया रुकी हुई दर्शा रहा था। चिकित्सकीय भाषा में उन्हें 'वी एफ' याने 'वेंट्रिक्युलर फिब्रिलेशन' हुआ था!

अपना हृदय स्नायुओं से बना एक पंप है। इसके अनेक तंतु होते हैं। ये सारे तंतु एकसाथ लयबद्ध काम करते हैं। बिल्कुल सैनिकों द्वारा किए जानेवाली परेड की तरह! सैनिकों की इस पल्टन के दस-बारह सैनिक यदि गश खाकर गिर पडे तो बचे हुए सैनिकों की लयबद्धता में बाधा आकर पूरी पल्टन का टाईमिंग गलत हो जाता है। हृदय में भी इसी प्रकार से कुछ होता है। हृदय के तंतुओं का टाईमिंग बिगडने से प्रत्येक तंतु अपनी मनमानी से काम करने लगता है। परिणाम स्वरूप हृदय के स्नायु सिर्फ थरथराते हैं और आकुंचन-प्रसरण क्रिया बंद हो जाती है। हृदयरुपी पंप बन्द हो जाता है, हृदय से पंप द्वारा बाहर आनेवाला रक्त रुक जाता है और दो-तीन मिनट में श्वसनक्रिया भी रुक जाती है। अर्थात लौकिकार्थ से व्यक्ति मर जाता है। हाँ, यदि इन दो-तीन मिनट में हृदयक्रिया फिर से शुरु हुई तो आदमी फिर से 'जीवित' हो जाता है।

अर्थात हृदयक्रिया बन्द पडने का निदान होने पर छाती पर जोर से मुक्का मारने पर हृदय का टाईमिंग फिर से प्रस्थापित होकर क्रिया पूर्ववत हो सकती है। ऐसा मरीज हॉस्पिटल में होनेपर विशेष दवाईयाँ और विशेष मशिन से छाती को बिजली का झटका दिए जाने पर हृदय के स्नायुतंतुओं की हलचल पूर्णत: रुक जाती है और फिर जब अगले क्षण जब हृदय चालू हो जाता है तो फिर से टाईमिंग से

‘लयबद्ध’ चालू होता है। बिजली का शॉक देनेवाली इस मशिन को ‘डिफिब्रिलेटर’ कहते हैं। विदेशों में वहाँ की सरकारों ने ऐसी कई मशिनें भीड़भाडवाले इलाकों में लगा के रखी है। अर्थात ये सारे उपचार होने तक हृदय का कार्य और श्वसनकार्य कृत्रिम रुप से चालू रखने का प्रथमोपचार याने ‘सीपीआर’ पेशंट को दिया जाना अत्यंत महत्त्वपूर्ण होता है। अन्यथा हृदयक्रिया चालू होने के बावजूद तीन मिनट तक मस्तिष्क को रक्त की आपूर्ति न होने से ब्रेन को अपूरणीय नुकसान होता है और व्यक्ति ‘ब्रेनडेड’ हो जाता है।

मशीन दादाजी को ‘वी एफ’ होना दर्शा रही थी। नब्ज चली गई थी। वे बेहोश थे। उनकी पत्नी भी रोने लगी थी। मैंने गाडी रुकवाकर कार्डियाक मसाज शुरू किया। दादाजी का भाग्य बलवान कहो या पत्नी का नाम ‘सावित्री’ था इसलिए, मेरे मसाज देते देते ही दादाजी का हृदय फिर से चालू हुआ। नब्ज फिर से मिलने लगी। ईसीजी पर ‘नॉर्मल’ लयबध्द ‘रिदम’ दिखने लगा। कुछ ही मिनटों में दादाजी ने आंखें खोली। हम फिर रुबी हॉल की और चल पडे। रुबी हॉल में दस दिन रहकर दादाजी घर लौटे।

दादाजी का वो लम्बा ईसीजी मैंने काफी दिनोंतक संग्रह में रखा था। अगले अनेक वर्षों तक वे मुझे दिवाली ग्रीटिंग बिना भूले भेजते रहे। दस वर्षों बाद उनके पुत्र ने पत्र भेजकर बताया कि वे अन्ननलिका के कैन्सर से स्वर्गवासी हुए।

साहेबराव बांदल! बीस साल पहले हृदयक्रिया दस मिनट के लिए बंद हों जाने के बावजूद आज भी जीवित और एकदम तंदुरुस्त रहनेवाला भाग्यशाली इंसान! भोर संस्थान के पास आळंदे नामक ग्राम बांदलों का ही है। इस गांव, के अनेक बांदल मेरे पेशंट थे। उनमें से एक साहेबराव बांदल का स्वारगेट के पास दूधडेरी का व्यवसाय। लगभग पैंतालीस वर्षीय साहेबराव एकदम हँसमुख व्यक्ति। हँसते हुए उसके दात इतने सुन्दर लगते थे कि मेरा सहयोगी सुभाष उसे मजाक में ‘कोलगेट बांदल’ कहता था। एक दिन ये ‘कोलगेट बांदल’ मेरे पास रोती सूरत लेकर आया। साथ में एक दोस्त था। बांदल हाथ छाती पर दबाए हुए था! तीव्र वेदनाओं के कारण वो बोल भी नहीं पा रहा था। उसे लेटाकर उसका बीपी देखा और ईसीजी लिया। उसे जोरदार ‘हार्टअॅटॅक’ आया था।

‘‘तुरंत हॉस्पिटल में भर्ती होना होगा।’’

अब बिना समय गंवाएँ, बिना ज्यादा चले-फिरे हॉस्पिटल जाओ। उसके मित्र को स्थिति की गंभीरता से अवगत कर ससून हॉस्पिटल के लिए चिठ्ठी देकर रवाना किया और अगले पेशंट को देखने लगा।

दस मिनट में ही उसका दोस्त हाँफते हुए वापस आया।

''सर, हम स्वारगेट तक पहुँचते ही साहेबराव को चक्कर आए, वो नीचे ऑटोरिक्षा में ही है। आप तुरंत देखेंगे तो ठीक होगा।''

मेरे मन में अनहोनी की शंका आई। पडोस में ही लेबोरेटरी में काम कर रही मेरी पत्नी को साथ लेकर मैं रिक्षा के पास पहुँचा। एक तरफ गर्दन लटकाकर रिक्षा पकडकर बैठा निष्क्रिय सा बैठा साहेबराव शायद मरा हुआ लग रहा था। नब्ज देखते ही 'सबकुछ खत्म' होना मेरे ध्यान आया। अब उसे मृत घोषित करने की औपचारिकता ही बाकी थी। आंखों पर प्रकाश डालने पर पुतलियाँ भी बडी दिख रही थीं। किंतु ऐसा न लगे कि कुछ प्रयास ही नहीं किए इस उद्देश्य से मैंने और उसके मित्र ने मिलकर उसे रास्तेपर लिटाकर कार्डियाक मसाज शुरू किया। और क्या आश्चर्य! साहेबराव ने लंबी सांस छोडी! जैसे कह रहा हो ''डॉक्टर, मैं जिंदा हुँ, मुझे बचाओ।'' मैंने मसाज जारी रखा। माधुरी ने दौड लगाकर पडोस के डॉ. भगली को बुलाया। हम सबने अगले दस मिनट किए 'सीपीआर' से साहेबराव 'इहलोक' लौट आए। वे बहुत असम्बद्ध और आक्रामक हो गए थे। दो-चार लोगों से भी सम्हल नहीं रहे थे। काफी देर के लिए ब्रेन को रक्त की आपूर्ति खंडित होकर फिर से चालू होने के लक्षण थे। तबतक एम्ब्युलेंस आ चुकी थी। अगले दस बारह दिन हॉस्पिटल में और अगले लगभग बीस वर्ष बिना किसी तकलीफ के निकल चुके हैं। अभी भी कृतज्ञ 'कोलगेट बांदल' मुझसे मिलने की खाली हाथ नहीं आते हैं। कुछ न कुछ 'गाँव का मेवा' जरुर लाते हैं।

उक्त दोनों प्रसंगों में हृदयक्रिया जल्द ही शुरु हुई, किंतु डॉ. पाटिल की माताजी ने तो मेरा इम्तहान ही लिया। डॉ. पाटील से मेरा परिचय १९७५ में हुआ। उनके पिताजी का कैन्सर का निदान मैंने किया था। मैंने जब निजी व्यवसाय शुरु किया तो अनेक पेशंट भेजकर शुरुवाती दौर में उन्होंने मेरी काफी मदद की। हमारे पारिवारिक सम्बन्ध हो गए थे। एक दिन सुबह डॉ. पाटील का फोन आया।

''डॉक्टर, मेरी माताजी के सीने में दर्द हो रहा है। आप देखें ऐसी इच्छा है। तुरंत ले आऊँ क्या?''

डॉक्टर, छाती में दुख रहा है तो निकट के हॉस्पिटल में ले जाकर ईसीजी करवाकर मुझे बताएँ। जरुरत पडने पर मैं स्वयं वहाँ आता हूँ।''

डॉ. पाटिल बोले, ''इतनी ज्यादा तकलीफ नहीं है अभी वे नहा रही है। फिर हम आपके पास आ रहे हैं। लगभग आधे घंटे में ही माँ-बेटी मेरे क्लिनिक में आई। डॉक्टर की माताजी लगभग साठ वर्ष की, थोडा सा भारी शरीर था।

उनका दर्द अब कम हो चुका था। फिर भी मैंने ईसीजी लिया। मेरी पत्नी माधुरी मेरी मदद कर रही थी। आधा ईसीजी निकल चुका था। नॉर्मल था। अब चेस्ट का शुरु हुआ और पेशंट ने आँखें फेर लीं। ईसीजी पर दिख रहा था कि उनका हृदय बंद पड़ा था और उन्हें भी 'व्ही एफ' हुआ था। वे बेहोश हो गई थी। मुंह में झाग आ रहा था। डॉ. पाटील यह सब देखकर घबराने से जमीन पर बैठ गई थी। मैंने तुरन्त कार्डियाक मसाज शुरु किया। माधुरी ने पेशंट के मुँह का झाग पोंछकर होंठों पर होंठ लगाकर 'माऊथ टू माऊथ' कृत्रिम श्वास देना शुरु किया। सहयोगी सुभाष डॉ. भगली को बुला लाया। पांच मिनट तक हमारी कोशिश और 'सीपीआर' चालू था, लेकिन हृदयक्रिया फिर से चालू नहीं हो रही थी। मैं और डॉ. भगली बारी बारी से मसाज कर रहे थे। किंतु सफलता नहीं मिल रही थी। हमारे पास 'डिफिब्रिलेटर' मशीन नहीं थी। डॉ. भगली के नर्स ने सलाईन शुरु कर दी थी। अब पेशंट को 'झायलोकेन' नामक दवा देना आवश्यक था। ये दवा सुन्न करने के काम में लेते हैं। डॉ. भगली हड्डी रोग विशेषज्ञ होने से उनके पास उपलब्ध था। ये इंजेक्शन सीधे हृदय में देना तय हुआ। रिढ़ की हड्डी में सुन्न करने के लिये उपयोग में लाई जानेवाली तीन इंची सुई और सिरिंज में पांच मिली लिटर झायलोकेन दवा लेकर मैं तैयार हुआ। थोडी देर के लिए कार्डियाक मसाज देना रोक कर छाती में हृदय का अंदाज लेकर सुई लगाई। सिरींज का हत्ता थोडासा खिंचते ही भरपूर खून सिरींज में आया और सुई हृदय में सही स्थान पर जाना सुनिश्चित हुआ। झट से इंजेक्शन पूर्ण कर मैंने सुई बाहर निकाली। डॉ. भगली ने फिर से मसाज शुरु किया। मैं ईसीजी मशीन पर देख ही रहा था। प्रकृति का चमत्कार और चिकित्साशास्त्र का कमाल! हृदयक्रिया पूर्ववत हो गई। हृदय की लयबध्द हलचल फिर शुरू हुई। नब्ज फिर से मिलने लगी। अचेतन देह में धीरे-धीरे चेतना लौट आई। मस्तिष्क में सूजन न आए इसलिए हमने नसों में से बायकार्बोनेट, स्टेरॉयड्स जैसी दवाएँ शुरु की। अगले आधे घंटे में श्रीमती पाटिल फिरसे बोलने लगी। कुछ दिन हॉस्पिटल में गुजार कर उन्होंने अगले दस बारह वर्षों तक अच्छा जीवन बिताया।

ऐसे एक नहीं अनेक प्रसंग। केवल मेरे ही नहीं मेरे अनेक मित्रों के जीवन में ऐसे अनेक मरीज आए जिनमें से अनेक तो बचे लेकिन कुछ महत्प्रयासों के बावजूद बच नहीं पाए। लेकिन कई मौकों पर हृदयक्रिया बन्द होने पर आनेवाली मृत्यु को टाला जा सकता है, उसके लिए समयपर कार्डियाक मसाज, सीपीआर देना और शीघ्रातिशिघ्र निकटतम हॉस्पिटल में ले जाना महत्त्वपूर्ण होता है। प्रत्येक

व्यक्ति ने सीपीआर सीखना महत्त्वपूर्ण है। दुनिया के सबसे बडे सफल सीपीआर का रेकॉर्ड है - एक घंटा!

इसीलिए कहना चाहता हूँ, 'हृदय भले ही रुके...रोको मत प्रयास!' कोई भी बता नहीं सकता कि यमराज के यहाँ उलटफेर कर आपके प्रयासों से कोई 'सत्यवान' शायद वापस आ जाए!

❖❖❖

अपने दांत अपने ही होंठ

"गुड मॉर्निंग सर! मेरे आज के पेशंट का नाम है, मंदा देशमुख! अहमदनगर के समीप के कारेगांव से वह कल ही अपने युनिट में भर्ती हुई है। वह अठारह वर्ष की है, स्कूल जाती है, उसके पिता खेती करते हैं। मंदा पिछले पंद्रह दिनों से बीमार है। उसकी प्रमुख शिकायतें हैं जोडों का दर्द, बुखार, सीने में धकधक होना एवं भोजन के बाद सांस भरना। पिछले पंद्रह दिनों से उसे बुखार आ रहा है। बुखार अधिकतम एक सौ एक तक रहता है। सुबह की तुलना में शाम को अधिक रहता है। बुखार की शुरुआत में उसका दाया घुटना सूजन आकर दुखने लगा। दो-तीन दिनों में ठीक हुआ। लेकिन तुरंत ही बाँया कन्धा दुखने लगा। वो भी ठीक हुआ और बाईं कोहनी दर्द करने लगी। फिर दोनों कलाईयाँ सूजन आकर दुखने लगी। फिर से बाँया घुटना। अब चलने में भी बहुत तकलीफ है। पिछले पंद्रह दिनों से छाती में धकधक महसूस होकर चलने से साँस फूल रही है। पिछले दो-तीन दिनों से उसके दोनो पांव के पंजों पर सूजन है। उसकी चप्पल उसे टाईट हो रही है।

पुणे के ससून हॉस्पिटल के वॉर्ड क्र. १४ के हाल ही में पोस्टींग हुए पढनेवाले विद्यार्थियों के ग्रुप का एक स्मार्ट विद्यार्थी हमारे युनिट के मानदविशेषज्ञ एवं ख्याति प्राप्त मधुमेह विशेषज्ञ डॉ. सुभाष काळे को उक्त लडकी का केस प्रस्तुत कर रहा था।

मंदा देशमुख नामक मरीज के लिए राजू मोतीवाला नामक होनहार विद्यार्थी की नियुक्ति हुई थी। मंदा ने यहाँ भर्ती होने के पहले गांव में लोकल डॉक्टर से उपचार कराया था। लेकिन कोई प्रगति न होने से पुणे भेजा गया था। राजू मोतीवाला ने उसके बीमारी की काफी जानकारी एकत्रित की थी। अभी जारी शिकायतों से पूर्व उसे जोरदार गले का दर्द हुआ था। हल्दी का दूध, गरम पानी की भाप आदि घरेलू उपायों से वे ठीक हुई थी। मंदा की अभी जारी शिकायतों का उसके गले के दर्द से कोई वास्ता हो सकता है इसकी उसके मातापिता को कोई कल्पना नहीं थी।

किंतु राजू मोतीवाला को कुछ दिनों पूर्व 'जोडों का दर्द और उससे होने वाली हृदय की बीमारी' विषय पर सुना भाषण याद आया और मंदा को ऐसी ही कोई बीमारी होगी ऐसी आशंका व्यक्त की थी। ये केस डॉ. सुभाष काळे के समक्ष प्रस्तुत किया जानेवाला होने से उसने सारी जानकारी रातभर में ही पढली थी। अनेक संसर्गजन्य रोग अतिसूक्ष्म जीवाणु या विषाणुओं से पैदा होते हैं। 'बॅक्टेरिया' इन सूक्ष्म जीवों का एक नमूना है। इस बॅक्टेरिया के अनेक प्रकार होकर उनकी विशेषताओं के आधार पर उन्हें पहचाना जा सके ऐसे नाम उन्हें दिये गए हैं। बॅक्टेरिया एकपेशीय प्राणी होकर उनमें नर-नारी भेद नहीं होता। निश्चित अवधि तक बढने के पश्चात् उनके शरीर के डीएनए का और शरीर के आवरण के दो भाग होकर दो नये जीव तैयार होते हैं। ये क्रिया प्रति बीस मिनट से होती है। भोजन के लिये भरपूर खाद्यसामग्री उपलब्ध होने पर उनकी प्रजा तेजी से बढ़ती है। ये बॅक्टेरिया याने प्रोटिन्स तैयार करनेवाले कुदरती कारखाने ही होते हैं।

मानव प्रजाति ने बडी ही चतुराई से बॅक्टेरिया की इस वृद्धि का उपयोग इन्सुलीन जैसी दवाईयाँ कृत्रिम रुप से तैयार करने में कर लिया है। इन्सुलीन तैयार करनेवाले जनुक मानवी पेशियों से अलग कर उन्हें विशिष्ट बॅक्टेरिया के 'डिएनए' में जोडा जाता है। ऐसे जनुक संक्रमित बॅक्टेरिया अपनी पैदावार बढ़ाते समय 'इन्सुलीन' भी पैदा करते हैं। इन्हीं इन्सुलीन को शुद्ध कर मधुमेह के मरीजों के लिये उपयोग में लाया जाता है।

ऐसी अनेक दवाईयाँ बनाने हेतु अब जैविक पद्धति अपनाई जा रही है। मानो बॅक्टेरिया हमारे गुलाम ही हो गए हो! किंतु फिर भी बीमारी पैदा करनेवाले अनेक प्रकार के बॅक्टेरिया आज भी मानव प्रजाति को परेशान कर रहे हैं। गोलाकार बॅक्टेरिया जो कि केवल एक ही दिशा में बढ़ते हैं उन्हें सूक्ष्मदर्शक यंत्र से देखा जाए तो मणियों की माला की तरह दिखते हैं। उन्हें स्ट्रेप्टोकोकाय कहते हैं। अनेक दिशाओं में बढ़ सकनेवाले बॅक्टेरिया अंगूर के गुच्छे की माफिक दिखते हैं। स्ट्रेप्टोकोकाय मानवी शरीर पर हमला करने के लिए अनेक संयुगों का निर्माण करते हैं। ऐसे ही एक घातक संयुग का उपयोग मानव प्रजाति ने रक्तवाहिनीयों की जानलेवा बीमारी के लिए किया है। उसमें से एक दवा का नाम है 'स्ट्रेप्टोकायनेज'! रक्त का थक्का गलानेवाली ये दवा मानव ने प्रयोगशाला में तैयार कर उसका उपयोग हृदयरोग और लकवा जैसे रोग में कर अनेक मरीजों को जीवनदान दिया है। ये बॅक्टेरिया जब अपने शरीर में त्वचा अथवा अंतःत्वचा की सुरक्षा पार कर शरीर में प्रवेश करते हैं तब अपने शरीर की संरक्षक पेशियाँ उन्हें निगल लेती हैं

और उस शरीर के प्रोटिन्स को पहचाननेवाले प्रति-प्रोटिन्स- 'ॲण्टिबॉडीज' तैयार करते हैं। इस प्रकार एण्टिबॉडी निर्मित करनेवाली संरक्षक पेशियों की एक नई टीम तैयार होती है। फिर कभी ऐसे परिचित प्रोटिन्स धारक बॅक्टेरिया शरीर में घुसते ही तुरंत ये संरक्षक पेशियाँ एण्टिबॉडीज तैयार कर रक्त में प्रवाहित करती है जिससे बॅक्टेरिया नष्ट हो जाता है। किंतु कुछ बॅक्टेरिया के आवरणों के अंदर के प्रोटिन्स अपने शरीर के प्रोटिन्स के समान रहते हैं। इसी को 'मोलेक्युलर मिमिक्री' याने 'संयुगों की नकल' कहते हैं। इनके कारण निर्मित एण्टिबॉडीज बॅक्टेरिया पर तो चिपक ही जाते हैं साथ ही अपने ही शरीर की पेशियों पर भी चिपक जाते हैं और कोई विचित्र बीमारी पैदा करते हैं। इस बीमारी में बॅक्टेरिया शरीर में नहीं होते। किंतु उनके द्वारा निर्मित अपनी एण्टिबॉडीज और अपने ही शरीर के बीच युद्ध शुरु हो जाता है। 'अपने दांत और अपने ही होठ'! ऐसी एक बीमारी का नाम है 'ऱ्हुमॅटिक फिवर'। ऐसे मरीजों के जोडों में दर्द होता है, बुखार आता है और विशेष रूप से हृदय में सूजन आती है। कालांतर में जोडों का दर्द बन्द होता है किंतु हृदय की सूजन कम होते होते हृदय की झिल्लियाँ हमेशा के लिए बेकार हो जाती है और हृदयरोग हो जाता है। इसीलिए कहते हैं 'ऱ्हुमॅटिक फिवर' जोडों को छू कर जाता है लेकिन हृदय को कुत्ते के समान काट जाता है। इसी प्रकार दूसरी प्रजाति के स्ट्रेप्टोकोकाय से हुए त्वचा संक्रमण से मूत्रपिंड में सूजन आकर 'नेफ्राइटीस' ये बीमारी लग जाती है। इसीलिए गले का दर्द या त्वचा पर हुए घावों में हुआ संक्रमण ठीक करने के लिए जल्द से जल्द चिकित्सकीय सलाह के अनुसार 'एंटिबायोटिक' दवा लेने से भविष्य में होनेवाली गंभीर बीमारियाँ सौ प्रतिशत टाली जा सकती है।

मंदा देशमुख को वास्तव में 'ऱ्हुमॅटिक फिवर' हुआ था। छाती का एक्स-रे और ईसीजी से हृदय की सूजन स्पष्ट दिख रही थी। 'एएसओ' नामक एण्टिबॉडी जाँच उसे स्ट्रेप्टोकोकाय का संक्रमण हो जाना दर्शा रही थी। उसे पेनिसिलीन, ॲस्पिरीन और स्टेरॉयड जैसी दवाईयाँ देने से अगले तीन चार दिन में उसके स्वास्थ्य में काफी सुधार आया। मंगलवार को डॉ. सुभाष काळे ने उसे हॉस्पिटल से छुट्टी भी दे दी। लेकिन उसे फिर से स्ट्रेप्टोकोकाय जंतु का संसर्ग और ऱ्हमेटिक फिवर न हो इसलिए २५ वर्ष की उम्र होने तक प्रतिमाह एक पेनिसिलीन का इंजेक्शन लेने की सलाह दी साथ ही उसका महत्त्व भी बताया।

हमेशा की तरह फिर बुधवार आया। हमारे युनिट का ओपीडी का दिन। वॉर्ड की इंजार्ज सिस्टर्स ने दस बेड तैयार कर रखे थे। उस दिन राजु मोतीवाला के बेड

पर ही फिर एक युवती भर्ती हुई। नाम था शकुन्तला पाटिल। २० वर्षीय शकुन्तला अत्यंत आकर्षक, गौर वर्णीय तथा सुन्दर कदकाठी की थी।

युनिट के इमर्जन्सी के दिन प्रथानुसार नये मरीजों की जानकारी अपने जर्नल में नोट करने के लिये विद्यार्थी शाम को ही वॉर्ड में आते थे। स्वयं मरीजों की जाँच करने का मौका तभी मिलता था। शकुंतला की हिस्ट्री लेने हेतु राजू मोतीवाला ने उसके बिस्तर के पास ही स्टूल पर बैठक लगाई। लेकिन वह युवती कुछ बोल ही नहीं रही थी। हाथ पाँव समेटकर वह सोई थी। उसकी माँ पास में ही खडी थी। राजू के सवालों के जबाब उसी ने देना शुरु किया। माँ-बेटी पुणे के पास के पाटस गांव से आई थी। ''डॉक्टर, मेरी बेटी को जोडों का दर्द हुआ है। पिछले दस दिनों से उसे बुखार आ रहा है। शरीर के सारे जोडों पर सूजन है, दुख रहे हैं, वह ठीक से चल भी नहीं पा रही है। भोजन तो मानों छूट ही गया है। हमने पिछले तीन चार दिन केडगांव के मिशन हॉस्पिटल में इलाज करवाया, लेकिन कोई फरक नहीं पडा। वहीं के डॉक्टर ने ये पत्र दिया है। केडगांव का मिशन हॉस्पिटल उस इलाके का अच्छा हॉस्पिटल है। मोतीवाला ने पत्र पर जल्दी से नजर दौड़ाई।

''इस मरीज को 'एक्युट व्हुमॅटिक फिवर' है। हमने पिछले तीन दिनों में इसे पेनिसिलीन और एस्पिरीन दिया है। लेकिन कोई फर्क नहीं पडा है। उसकी हृदयगति १४० तक होकर 'डिगॉक्सीन' दवा देने के बावजूद कम नहीं हो रही है। उसके हृदय पर सूजन होकर उसका कार्य भी कमजोर हो गया है। ऐसे मरीज का इलाज हमारे छोटे हॉस्पिटल में करने की सुविधा न होने से आपके पास भेज रहे हैं। धन्यवाद।''

मोतीवाला ने उसकी जाँच कर जर्नल में नोट किया और 'व्हुमॅटिक फिवर व मायोकार्डियटीस विथ फेल्युअर' ऐसा निदान लिखा। राजू मोतीवाला को लगा कि कल सुबह राऊंड के समय डॉ. सुभाष काळे निश्चित ही शाबासी देंगे। गुरुवार सुबह साढेनौ बजे डॉ. काळे वॉर्ड में आए। पहली पेशंट ही शकुंतला पाटिल थी। मैं सर का युनिट का हाऊसमन होने से सर को केस की जानकारी दे रहा था। सर शकुंतला का नखशिखांत परीक्षण कर रहे थे। उसकी नब्ज टटोल रहे थे। पांव, पेट, छाती जाँच रहे थे। लग रहा था जैसे मैंने शकुंतला की दी हुई निदान की जानकारी उन्हें जँच नहीं रही हो।

बच्चों, मैं आपके मत से असहमत हूँ। इस लडकी को जोडों का दर्द है, इसमें कोई शक नहीं। लेकिन ये व्हुमॅटिक फिवर नहीं है। व्हुमॅटिक फिवर में बॅक्टेरिया नहीं होते, इससे पस तैयार नहीं होता। उसके अनेक जोडों में 'सेप्टिक' के लक्षण

है उसके दाहिने स्तन में भी 'पस' है। इसका मतलब इसके शरीर में कहीं न कहीं 'सेप्टिक फोकस' है। उसके छाती का एक्स-रे और स्त्री रोग विशेषज्ञ से जाँच आवश्यक है। मेरे राऊंड के बाद उसकी माँ से मुझ से मिलने के लिए कहो।

सर की तर्कसंगत विचारपाद्धति से हम दंग रह गए। सच पूछो तो ऐसा विचार हमारे दिमाग में आया ही नहीं था। जल्दी जल्दी में काम करना और अनुभव की कमी से ये महत्त्वपूर्ण लक्षण हमारी नजरों से ओझल हो गए थे और हमारा प्राथमिक निदान ही गलत हो गया था।

राऊंड समाप्त कर सर के साथ हम पास के कमरे में गए। शकुन्तला की माँ वहाँ आ चुकी थी।

''बाई, आपके बेटी की तबियत अत्यंत गंभीर है। इस बीमारी से उसके बचने के आसार कम ही है। इसके शरीर में कहीं 'पस' बन गया है।

''उसकी शादी हो चुकी है क्या?''

''उसकी माहवारी कब आई थी?''

उसकी माँ घबरागई थी, बोल भी नहीं पा रही थी। बार बार पूछने पर वो रोने लगी। थोडी देर से सम्हल कर उसने जो कहा वह अत्यंत दहला देने वाला था।

उसने कहा, ''मेरी बेटी की शादी नहीं हुई है। हमारी बेटी अत्यंत सुंदर और आकर्षक। लेकिन उसने गांव में हमें मुंह दिखाने लायक नहीं छोडा है। उसे उल्टी होना शुरू होने पर मुझे शंका आई। खोद खोद कर पूछने पर उसने कबूल किया। लेकिन उस लडके का बाप हमारे गांव का पाटिल। हम उससे क्या बराबरी करेंगे? उसके पिताजी शादी के लिए तैयार नहीं थे। फिर क्या, मैंने ही मेरी छाती पर पत्थर रखकर उसके जननांग में काडी डाली। दोचार दिनों में बेटी हल्की हुई।'' प्रतिष्ठा के लिए शकुंतला की माँ ने शकुंतला की जान खतरे में डाल दी थी। उस जमाने में आज की तरह सोनोग्राफी की सुविधा नहीं थी। लेकिन अब निदान स्पष्ट हो गया था, 'सेप्टिक एबॉर्शन'।

डॉ. काळे सर ने तुरंत स्त्री रोग विशेषज्ञ को रेफरंस लिखा। क्लोरोमायसिटीन, जेन्टामायसिन जैसी ब्रॉड स्पेक्ट्रम एण्टिबायोटिक्स उसे सलाइन के माध्यम से देना शुरू किया।

एक घंटे के अन्दर ही स्त्रीरोग विशेषज्ञ डॉ. सुलोचना गायकवाड ने शकुन्तला को जाँचा। उसके गर्भाशय से निकल रहा पस उन्होंने हमें दिखाया। हृदय विदारक दृष्य था।

''उसकी माँ को बुलाइये, मैं उनसे बात करना चाहुंगी।''

“बाई, आपके लिए बुरी खबर है। मन कठोर किजिए। शकुंतला को तीन माह का गर्भ है। उसके गर्भाशय में जंतुओं के संक्रमण से पस हो गया है। गर्भ की थैली पस की थैली में परिवर्तित हो गई है। पस उसके सारे शरीर में फैल रहा है। उसकी जान बचाने का एकमात्र तरीका याने गर्भाशय ऑपरेशन कर तुरंत निकाला जाए।”

शकुंतला की माँ के तो होश ही उड गए। तब तक शकुंतला के पिताजी भी पहुँच गए थे। हमने ऑपरेशन के सहमतिपत्र पर उनके हस्ताक्षर लिये। डॉ. काळे सर को भी सूचित किया। अब देर करना जान से खेलना था। अगले दो घंटे में चक्र तेजी से घुमा। ब्लडग्रुप बी पॉजिटीव की तीन युनिट की व्यवस्था की गई। मेरा भी वहीं ग्रुप होने से मैंने भी रक्तदान किया। उसके पिताजी ने भी दिया। राजू मोतीवाला का भी वहीं ग्रुप होने से उसने भी रक्तदान किया। शकुंतला की शल्यक्रिया हुई। उसका गर्भाशय पूरी तरह सड चुका था। कुदरत कितनी दयालू होती है, उसकी बेहोशी खत्म होने तक उसके नब्ज नब्बे तक आ गई थी। लगा जैसे उसके जीवन को लगा ग्रहण उतर रहा हो। अगले तीन-चार दिन में काफी सुधार होकर शकुंतला दो हफ्तों में पूरी तरह ठीक हुई। किंतु इस सारे प्रसंग से व्यथित होकर जैसे उसकी वाचा ही चली गई। इतना बडा आघात उसने कम उम्र में धैर्यपूर्वक सहन किया था। हमारी उससे अब अच्छी पहचान हो चुकी थी। उसे डिस्चार्ज देते समय हम सब भावुक हो गए थे। जैसे हमारे बीच एक अदृश्य रिश्ता तैयार हुआ हो। मैंने उसकी माँ से पूछा कि अब गांव के लोंगो को क्या बताओगे? “बताऊंगी, अपेंडिक्स का ऑपरेशन हुआ है, और यदि मजबूरी ही हुई तो गांव छोडकर किसी ओर गांव में जाकर रहेंगे। कहीं भी रहो, कष्ट ही करने और झेलने हैं। वैसे भी इस गांव से जी भर गया है।” बडी ही हिम्मतवाली औरत थी।

उपरोक्त घटना को लगभग तीन महिने हो गए। दैनिक मरीजों की आवाजाही में शकुंतला का विस्मरण हो गया था। एक दिन बुधवार को ओपीडी खत्म कर वार्ड में काम करते बैठा था। सिस्टर इंचार्ज एक दम्पत्ति को लेकर मेरे पास आई और पुछा, “डॉक्टर, इस लडकी को पहचाना क्या?” एक क्षण मैं भी चकराया। फिर ध्यान आया हरा चुडा पहनकर, मेहंदी लगाकर, चमकदार मंगलसूत्र पहनकर मेरे सामने हँसमुख खडी नवविवाहिता हमारी पेशंट शकुंतला पाटिल थी! दोनों ने चरणस्पर्श किया। “सर, आपने मुझसे अनेक बार पूछा था वो ये ही हैं, विश्वासराव!” परसों ही हमारी शादी हुई है। दर्शन के लिए जेजुरी जाने के पूर्व आप सबके और वॉर्ड के दर्शन करने की कल्पना इन्हीं की है।”

हॉस्पिटल से छुट्टी मिलकर गांव जाने के पश्चात घटनाक्रम तेजी से चला। विश्वासराव तक यह समाचार तो पहुँच ही गया था। उसे यह अहसास हो चुका था कि वह शकुंतला से प्रेम करता है। अपने कारण और पिता के जिद्दीपन के कारण शकुंतला की क्या अवस्था होगी यह सोचकर उसकी नींद उड चुकी थी। अंत में वह माँ-बाप को समझाने में सफल हुआ और उन्हें शादी के लिए राजी किया। अब शकुंतला माँ नहीं बन सकती, ये जानकारी उसे देने पर वो बोला कि अनेक दम्पत्तियों को बच्चे नहीं होते, हमें सिर्फ शादी के पहले मालूम पडा, इतना ही फर्क है! कुछ समय के लिये खोया 'विश्वास' फिर मिलने की खुशी शकुंतला के चेहरे से स्पष्ट झलक रही थी।

❖❖❖

बच्चों के दिलों के राजा - डॉ. के.एम. चेरियन

"सुरेश, इस बच्चे के माँ बाप दोनों ही गोरे रंग के हैं फिर ये बच्चे का रंग काला कैसे?"

मेरी माँ हमारे सोसायटी के वाडेकर दंपत्ति के नवजात शिशु को देखकर आते हुए मुझसे कह रही थी।

"अरे, माँ आप भी न...जरा ज्यादा ही स्पष्टवक्ता है। कम से कम ये ठीक रहा कि उन दोनों के सामने आपने ये नहीं बोला!"

"अरे, मैंने जो देखा वो तुझसे कहा। उनसे बोलने के लिये क्या मैं पागल हूँ।"

हमारे ये संवाद यहीं रुक गए और मैं तो तुरंत भूल भी गया। किंतु मेरे माताजी की स्मरणशक्ति और अनुभव कितना जबरदस्त था, मुझे इसका एहसास होना अभी बाकी था।

लगभग १९९६ की बात है! तब हम सिंहगढ रोड के रक्षालेखा सोसायटी में रहते थे। मेरे वर्गमित्र अशोक देशपांडे ने ये बिल्डिंग बनाई थी। दोस्त के नाते उसने इस सोसायटी में मुझे एक फ्लेट बहुत कम कीमत में दिया था। हमारी ये सोसायटी एक परिवार ही था। दिपावली, गणेश उत्सव बडी धूमधाम से मनाए जाते थे। उपेंद्र भट, चंद्रकांत काळे, नंदू पोळ जैसे गुणी कलाकार और कई भावी कलाकार यहाँ अपना गुणदर्शन कराते हैं। इसलिए हम सब लोग एक दूसरे को भली भांति जानते थे। अशोक के पडोसी श्री शेवाळे की पुत्री शीतल एक राष्ट्रीय खिलाडी थी। वहीं वाडेकर नामक एक उमदा खिलाडी से उसका परिचय, परिणय हुआ था। श्री वाडेकर शासकीय सेवा में तो शीतल बँक में कार्यरत थी। थोडे दिनों बाद शीतल की प्रसूति होने वाली थी। शीतल के ससुर जी मुंबई में रहते थे। अपनी बहु की प्रसुति सर्वोत्तम जगह हो इस इच्छा से उन्होने उसे मुम्बई के ब्रीच कँडी हॉस्पिटल में भर्ती किया था।

ब्रीच कँडी हॉस्पिटल, मुंबई

हॉस्पिटल के स्त्रीरोग विशेषज्ञ डॉक्टर शीतल की माँ से कह रहे थे, ''सोनोग्राफी रिपोर्ट के अनुसार बच्चे का स्वास्थ्य अच्छा है। शीतल की प्रसूति तीन चार घंटे में अपेक्षित है। चिंता न करें!''

शीतल की पहली ही प्रसूति थी, एक खिलाडी होने से उसकी सहनशक्ति काफी थी। थोडी ही देर में शीतल ने एक बालक को जन्म दिया।

''बधाई, मिठाई खिलाइये। लडका हुआ है। जच्चा-बच्चा दोनों कुशल हैं। थोडी ही देर में सिस्टर उसे बाहर लाएंगी।''

वो दिन ऐसा ही निकल गया। लेकिन दूसरे ही दिन बच्चे की तबीयत बिगडने लगी। पेट उडने लगा, हाथ पाँव नीले पड गए। शीतल ने तुरंत इमर्जेन्सी बेल बजाई। डॉक्टर्स, सिस्टर्स तुरंत आए। बच्चे को ऑक्सिजन देना शुरू कर दिया और उपचार भी चालू कर दिए। लेकिन तबीयत में सुधार नहीं हो पा रहा था। सौभाग्य से हॉस्पिटल के बालरोग विशेषज्ञ भी आ पहुँचे। उनकी सलाहनुसार उपचार में परिवर्तन किए गए।

''डॉक्टर, क्या हो रहा है मेरे बच्चे को?'' घबराई हुई शीतल ने डॉक्टर से पूछा!

''देखिए, हमारे प्रयास जारी है। धीरे धीरे बच्चे की तबीयत में सुधार हो रहा है। मेरा विश्वास है कि बच्चा निश्चित ही ठीक होगा।'' बालरोग विशेषज्ञ डॉक्टर ने कहा।

''डॉक्टर, और किसी विशेषज्ञ डॉक्टर या कार्डियालॉजिस्ट को बुलाना हो तो बुलाइये, पैसे कि चिंता नहीं है। लेकिन मेरे नाति को सर्वोत्तम ट्रिटमेंट मिलना चाहिये।'' शीतल के ससुरजी ने कहा।

डॉक्टर उन्हें ढाढस बंधाते हुए बोले, ''देखिए, बच्चे की स्थिति सुधर रही है, घबराने की जरुरत नहीं है। वह ठीक होने तक मैं यहीं रुकनेवाला हूँ।''

आखिर अगले एक घंटे बाद डॉक्टर्स के प्रयासों को सफलता मिली और बच्चे के खतरे से बाहर होने की घोषणा डॉक्टर्स ने की। सबने राहत की सांस ली। दो दिन और हॉस्पिटल में रहने के पश्चात शीतल और बच्चे को घर भेजा गया।

एक महिना मुंबई में रहकर शीतल फिर से पुणे लौटी।

सोसायटी में शीतल के पिताजी ने बच्चे के नामकरण संस्कार का भव्य आयोजन किया। समय निकालकर मैं भी मेरी माँ के साथ बच्चा देखने गया। बच्चे का नामकरण किया गया था - 'गणेश'!

उक्त घटना के दस दिन बाद की है।

सुबह के सारे काम निपटाकर मैं घर लौटा ही था कि माधुरी ने संदेश दिया, ''सुनिए, अपने सोसायटी के शेवाळे जी का फोन आया था। वे आपसे मिलने आना चाह रहे है।''

क्या काम होगा शेवाळेजी का, ये सोच ही रहा था कि शेवाळेजी सामने हाजिर!

''आइये शेवाळेजी, कैसे आना हुआ?''

''डॉक्टर, हमारे गणेश के लिए आपकी सलाह लेने आए हैं।''

''परसों के कार्यक्रम में तो वो काफी अच्छा था!''

''जी हाँ! लेकिन उसके बाद काफी कुछ घटित हुआ और इसीलिए आपके पास आए है।''

''पिछले सप्ताह में गणेश को सर्दी-खाँसी होने से उसे सोसायटी के डॉ. गांधी के पास ले गए थे। उन्हों ने डॉ. नवरंगे नाम के बालरोग विशेषज्ञ को बुलाया था।''

डॉ. नवरंगे केवल मेरे मित्र ही नहीं थे तो वे मेरे बच्चों के छुटपन के डॉक्टर भी थे। हमारी कक्षा के अत्यंत होनहार विद्यार्थी और बाद में एक नामी बालरोग विशेषज्ञ के रूप में प्रसिद्ध थे। उनका किया निदान सामान्यत: गलत नहीं होता था।

''क्या कहा डॉ. नवरंगे ने?''

''उनके अनुसार बच्चे के हृदय में एक प्रकार की आवाज आ रही है और उसका शुद्ध व अशुद्ध रक्त आपस में मिल रहा होने से उसके हाथ-पाँव नीले दिखते है। ये सारे लक्षण बच्चे को जन्मत: हृदयरोग होने का संकेत देते हैं। हम तो सारे के सारे घबरा गए हैं। पिछले तीन दिनों से हम सोए नहीं हैं। वास्तविकता में आजतक उसे कितने ही डॉक्टरों ने देखा है, लेकिन किसी के भी ये बात कैसे ध्यान में नहीं आई? हमारा दुर्भाग्य, और क्या?''

हमने बच्चे को देखने के बाद मेरे माँ के उद्‌गार मुझे याद आए। मेरी माँ की निरीक्षण क्षमता का साक्षात्कार मुझे हो रहा था।

शेवाळेजी ने आगे कहा, ''उन्हों ने हमें केईएम हॉस्पिटल में डॉ. मिलिंद गडकरी नाम के बालरोग विशेषज्ञ के पास भेजा। दूसरे ही दिन डॉ. गडकरी ने बच्चे की जाँच कर हमें बताया है कि बच्चे के हृदय में दोष हैं। उन्होंने बच्चे के हृदय की सोनोग्राफी भी की। बच्चे के हृदय की तुरंत शल्यक्रिया करनी पडेगी...'' बोलते बोलते शेवाळेजी की आंखों से आंसू आए और आगे बोलना कठीन हो गया।

उनको धीरज बंधाते हुए मैंने कहा, ''उसमें क्या समस्या है? दुनिया बहुत

आगे जा चुकी है। मुम्बई में अब बडे-बडे ऑपरेशन्स होते हैं। आसपास के देशों के मरीज भी केवल ऑपरेशन के लिए मुम्बई आते है।

''डॉक्टर, केवल सर्वोत्तम सुविधा हेतु हमने पुणे छोडकर उसे मुंबई में बडे हॉस्पिटल में रखा। लेकिन क्या उपयोग रहा? अलावा इसके जन्म के दूसरे ही दिन बच्चे को जो तकलीफ हुई वो भी हृदयरोग के कारण ही होना वहाँ के डॉक्टरों को समझ में नहीं आया। इसलिए बच्चे को अब मुंबई ले जाने की इच्छा नहीं हो रही है।''

शेवाळेजी जो भी कह रहे थे वह तथ्यात्मक था। जब बच्चा माँ के पेट में रहता है तब उसके शरीर में 'डक्टस आर्टरीओझस' नामक एक छोटी सी रक्तवाहिनी कार्यरत होती है। जन्म के उपरांत फेंफडे कार्यरत होने के पश्चात इस रक्तवाहिनी की आवश्यकता समाप्त हो जाती है। यह प्राकृतिक रूप से ही बन्द हो जाती है। किंतु जिन बच्चों को जन्मजात हृदयरोग रहता है उनके लिए ये रक्तवाहिनी वरदान होती है। ये बन्द होने से उनका स्वास्थ्य बिगडता है। इस बच्चे को 'डक्टस आर्टरीओझस' बन्द होने से ही दूसरे दिन तकलीफ हुई होगी। 'डक्टस आर्टरीओझस' बन्द करने का कार्य एक कुदरती दवा द्वारा होता है। किंतु मानवप्रजाति ने इस कुदरती दवा का असर रोकने के लिए प्रतिकारक दवा की खोज की है। बच्चे को जन्म होने के बाद ये दवा देने से 'डक्टस आर्टरीओझस' बन्द न होकर चालू रहती है और ऐसे बच्चों को ऑपरेशन होने तक स्वास्थ्य ठीक रखने में मदद करती है। किंतु ये दवा उपलब्ध होने के बावजूद जन्मजात हृदयरोग का निदान यदि समय पर न हो सके तो फिर क्या मतलब? अर्थात ये सब शेवाळेजी को बताना याने उनकी विपरित मनस्थिति को अधिक बिगाडना साबित होता। उन्होंने लाए हुए सारे रिपोर्टस मैंने गंभीरतापूर्वक देखे। गणेश वास्तव में हृदयरोग का गंभीर मरीज था और उसका ऑपरेशन तुरन्त होना अत्यावश्यक था। इस बाल गणेश को बचाने के लिए शेवाळेजी ने साक्षात गणेशजी से ही प्रार्थना की थी।

शेवाळे आगे कहने लगे, ''आपके पास मेरे आने का कारण जरा अलग ही है। आपको इंटरनेट की काफी अधिक जानकारी है ऐसा अशोक ने बताया। इस बच्चे के ट्रिटमेंट हेतु दुनिया में सर्वोत्तम जगह कौन सी है, ये आप देखकर बताइये।''

१९९५ में मैंने और मेरे मित्र सुधीर उर्फ 'डिजिटल कोठारी' ने पुणे में डॉक्टरों को इंटरनेट की अद्भूत दुनिया से परिचित करवाने के लिए एक वर्कशॉप आयोजित किया था। इंटरनेट के भारत में शुरुवाती दिन थे! महाराष्ट्र के लगभग डेढ सौ डॉक्टर्स ने उसमें हिस्सा लिया था।

''बिल्कुल सही विचार है आपके। हम अवश्य देखेंगे। मेरा कम्प्युटर क्लिनिक में है। हम वहाँ चलते हैं।''

लगभग एक घंटा कम्प्यूटर पर हमने सर्च किया। सर्वोत्तम जगह थी अमेरिका का ह्युस्टन शहर! ह्युस्टन याने दुनिया के सबसे बडे और अत्याधुनिक तकनीक से लैस हॉस्पिटल्स और डॉक्टर्स से भरा शहर। जैसे चिकित्सकीय तीर्थ स्थान! वहाँ के एक विख्यात हृदयरोग शल्यविशारद डॉ. डेंटन कुली का ई-मेल पता हमें मिला और उन्हें गणेश के बारे में सविस्तार मेल भेजा।

दोपहर के तीन बजे थे। मेरा क्लिनिक का समय हो चला था। मैंने शेवाळे जी से कहा, हम मेल के जबाब का इंतजार करेंगे। मुझे लगता है एक दो दिन में जबाब आएगा।

धन्यवाद अदा कर वे चले गए और मैं अपने काम में लग गया। रात दस बजे काम समाप्त कर मैंने फिर से कम्प्यूटर चालू किया। मेल बॉक्स खोला और आश्चर्यचकित हुआ। डॉ. कुली का जबाब आया था, केवल सात घंटे में!

बडी उत्सुकता से ई-मेल खोलकर पढ़ा और प्रिंटआऊट लिए। माधुरी को फोन कर शेवाळेजी को घर बुलाने का कह कर मैं भी जल्दी घर जाने निकला।

शेवाळेजी घर मेरा इंतजार ही कर रहे थे।

''क्या! इतनी शीघ्रता से जबाब भी आ गया? इन विदेशी डॉक्टरों की जितनी तारीफ करो उतनी कम है। क्या लिखा है उन्होंने?

''शेवाळेजी, उन्होने वहाँ के हॉस्पिटल्स की जानकारी भेजते हुए महत्त्वपूर्ण बात भी लिखी है। उन्होंने लिखा है अमेरिका में आपको ऑपरेशन बहुत महँगा पडेगा। वैकल्पिक रुप से उन्होंने दूसरा सुझाव दिया है। वे लिखते हैं - ऐसे ऑपरेशन करनेवाले डॉक्टर और उनकी टीम भारत में ही उपलब्ध है। डॉ. के. एम. चेरियन और हॉस्पिटल है मद्रास मेडिकल मिशन! साथ ही उन्होंने फोन नम्बर और पता भी भेजा है।''

''क्या करना?''

''डॉक्टर, आप जैसा बताएँगे वैसा मैं करूंगा!''

''शेवाळेजी, आप मुझ पर एक बडे निर्णय की जिम्मेदारी सौंप रहे हैं। आइये मेरे साथ!''

''चलिए फिर से क्लिनिक पर। डॉ. चेरियन की जानकारी निकालते हैं।''

फिरसे क्लिनिक, कम्प्युटर और इंटरनेट सर्च !

प्राप्त जानकारी काफी आशादायक थी। डॉ. चेरियन ने ऑस्ट्रेलिया में

प्रशिक्षण लिया था। १९७६ से बारह वर्ष तक कोलम्बो के रेल्वे हॉस्पिटल में हजारों बच्चों की हृदय शल्यक्रिया सफलतापूर्वक की और यहीं परम्परा मद्रास मेडिकल मिशन नामक सेवाभावी संस्था स्थापित कर आगे बढ़ा रहे थे। थाईलैंड, श्रीलंका, बंगलादेश आदि देशों से अनेक मरीज केवल उनका नाम सुनकर भारत में आते हैं। उन्हें अनेक सम्मान, उपाधियों के साथ साथ 'पद्मश्री' भी प्राप्त हुई है। सच में, इतना बड़ा सर्जन हमारे देश में उपलब्ध होने के बावजूद हम गुणवत्ता विदेश में ढूंढ रहे थे।

''बगल में छोरा और गांव में ढिंढोरा!''

शेवाळे परिवार ने गणेश को मद्रास ले जाना तय किया। समय कम था। दूसरे ही दिन वे मद्रास रवाना हुए।

अगला भाग शीतल ने जैसा बताया, उसी के शब्दों में -

''हम चौबीस घंटे बाद मद्रास पहुँचे। मद्रास मेडिकल मिशन और डॉ. चेरियन के बारे में टॅक्सीवाला भी बडे आदर से बातें कर रहा था। अशोक देशपांडे ने डॉ. चेरियन से बात कर समय निश्चित किया था। उन्हें देखते ही ये व्यक्ति मेरे बच्चे को ठीक करेंगे ऐसा पक्का विश्वास बना। उन्होंने बच्चे की जाँच की रिपोर्टस देखे और सहयोगी डॉक्टरों से चर्चा की। दूसरे दिन बच्चे का केथेटर टेस्ट था। इस टेस्ट से बच्चे के हृदय की और उसके दोष की जानकारी मिलनेवाली थी फिर तद्नुसार ऑपरेशन निश्चित होना था। टेस्ट का रिजल्ट डॉक्टरों के अनुसार अच्छा था। अगले दिन ऑपरेशन निश्चित हुआ। रात खत्म नहीं हो रही थी। सुबह बच्चे को ऑपरेशन के लिए ले गए। हम तनावग्रस्त थे। ऑपरेशन सात घंटे चला। ऑपरेशन खत्म कर डॉ. चेरियन हँसमुख चेहरे से बाहर आकर बोले,

''काँग्रेचुलेशन्स! ऑपरेशन ठीक रहा। अब बच्चे को दो दिन आईसीयू में रखेंगे। लेकिन चिंता की कोई बात नहीं है। मेरे डॉक्टर्स ठीक से देखेंगे।'' इतना कहकर डॉक्टर चेरियन ने मेरे कंधे पर हाथ रख धीरज दिया और नमस्ते कहकर चले गए। अगले दो दिन कैसे बीते, हम ही जानते हैं। किंतु अब टेन्शन कम हो गया था। बच्चे को कांच से देखने की हमें अनुमति मिली। अगले पांच दिन 'स्टेपडाऊन' वॉर्ड में बच्चे को रखा था। बच्चे की तबीयत तेजी से सुधारती गई। दो दोन बाद हमें हॉस्पिटल से छुट्टी मिली। हॉस्पिटल का पॅकेज बिल्कुल सामान्य आदमी वहन कर सके ऐसा था। सुविधा-अत्युत्तम! हम गणेश को लेकर पुणे लौटे। समय समय पर जाँच के लिए मद्रास जाते रहे। गणेश को आगे कोई समस्या नहीं आई। अब वो पंद्रह साल का युवक है और तबीयत पूछो तो एकदम सलमान खान!''

आजतक डॉ. चेरियन को और भी कई सम्मान मिले हैं। आजतक उन्होने चालीस हजार शल्यक्रियाएं की हैं। भारत में हृदय प्रत्यारोपण और फेंफडे प्रत्यारोपण की पहली शल्यक्रिया भी उन्होने ही की है। ग्रीस में चिकित्साशास्त्र के आद्यपुरूष 'हिपोक्रेटीस' के जन्मस्थान पर पत्थर पर यदि किसी भारतीय डॉक्टर का नाम खुदा है तो वे है पहले और एकमात्र डॉ. चेरियन! बच्चों के दिलों पर राज करनेवाले डॉ. के. एम. चेरियन के बच्चों के हृदयरोग जाँच के 'केम्प' पूरे भारत में स्थान स्थान पर आयोजित होते हैं। ईश्वरकृपा से उनका 'आरोग्य यज्ञ' आजतक अविरत जारी है और ऐसा ही जारी रहे ये ही शुभकामनाएँ।

जीवेत शरदः शतम्!

❖❖❖

विस्थापित गर्भ

''डॉक्टर साहेब, मैं रमेश पाटिल बोल रहा हूँ।''

''नमस्कार, बोलो पाटिल साहब!

रमेश पाटिल याने एकदम मधुर व्यक्तित्व। चालीस के आसपास के रमेश भाई मेरे 'पेशंट कम और शुभचिंतक ज्यादा' ऐसे मित्र थे। इन पटेल मरीजों की शृंखला के प्रथम पुरुष थे तम्बाकुवाले 'मनुभाई पटेल'! कुछ व्यक्ति हम पर क्यों इतना प्रेम करते हैं, ये मैं आज तक समझ नहीं पाया हूँ। मनुभाई उन्हीं में से एक! मेरे सर्जन मित्र डॉ. राम काळे ने मनुभाई को मेरा रेफरंस दिया था। किंतु उसके बाद मनुभाई मुझ से हमेशा के लिए ही जुड गए। इतना ही नहीं उनके पीछे अनेक 'पटेल' उपनाम लिए मरीजों की कतार लगाई। कागज का व्यवसाय करनेवाले 'रोटेरियन रमेशभाई' सोमवार पेठ में रहते थे। सदा हँसमुख और मिलजुलकर रहकर मित्रों की फौज इकठ्ठा करनेवाले रमेशभाई स्वाभाविक रुप से अत्यंत लोकप्रिय थे। आज अचानक रमेशभाई का फोन आने पर मैं थोडा सा गडबड़ाया।''

''डॉक्टर, मेरे घर प्रॉब्लेम हो गया है। मेरे बहु के पेट में बहुत जोरों से दर्द हो रहा है। आप आकर देख लें तो बेहतर होगा।''

''पेशंट को दवाखाने में ले जाने की बजाए डॉक्टर को घर बुलाना आसान'' एक लोकप्रिय और सुविधाजनक समझ! वाकई में इमर्जेंसी हो तो ऐसे समय डॉक्टर घर जाकर भी कुछ नहीं कर सकते साथ ही महत्त्वपूर्ण समय भी व्यर्थ होने की सम्भावना रहती है। किंतु यह सब समझ आने तक काफी देर हो चुकी होती है।''

''देखिए, रमेशभाई यदि पेटदर्द ही है तो निकट के किसी जनरल प्रॅक्टीशनर डॉक्टर को क्यों नहीं बुलाते? वे इंजेक्शन भी दे सकते हैं। आप जानते ही होंगे कि मैं इंजेक्शन नहीं देता।'' ये विजिट टालने के उद्देश्य से मैं बोला।

''डॉक्टर, हमरे जीपी ने जाँच कर इंजेक्शन दिया था। कुछ भी उपयोग नहीं हुआ। उसे बहुत तकलीफ है। आप आकर देखने के बाद जरुरत महसूस हुई तो

हॉस्पिटल में भी भर्ती किया जा सकेगा। लेकिन आप तुरंत आईये। वो रातभर से तड़प रही है।''

अब ये विजिट टालना असम्भव था।

''रमेशभाई, मैं अभी नायडू हॉस्पिटल में राऊंड के लिए जा रहा हूँ। पंद्रह-बीस मिनट में मैं पहुँच रहा हूँ। आप चिंता न करें।

''रमेशभाई के घर काफी रिश्तेदार मेरा इंतजार कर रहे थे। मैं अन्दर गया। एक बडे से कमरे में लगभग बीस साल की स्त्री सफेद साडी पहनकर सिर पर पल्लू ओढ़कर दिवार से टिककर बैठी थी।

''दक्षाबेन, डॉक्टर आए है!''

बॅग से बीपी मशीन और स्टेथास्कोप निकालते हुए मैंने पूछा, ''क्या तकलीफ है?'' थोडी देर कोई जबाब न आने पर फिर दोहराया।

''चक्कर आ रहे हैं।'' उसने अस्पष्ट रुप से कहा।''

''आपका हाथ दिखाइये''!

उसके हाथ को स्पर्श करते ही मैं हिल गया।

उसका हाथ बर्फ के समान ठंडा था। हमारे चिकित्साशास्त्र की भाषा में 'कोल्ड और क्लामी' था। आगे मैंने नब्ज-पल्स ढूंढने लगा। अगला शॉक अब था। महत्प्रयासों के बावजूद दक्षाबेन की नब्ज नहीं मिल रही थी। अब मैं दहल गया था। हिम्मत जुटाकर रमेशभाई से कहा, ''जरा इन्हे नीचे लेटने के लिए कहो, मैं बीपी देखना चाहता हूँ।''

इतने समय से मेरा बॅग लेकर खडे एक युवक से रमेशभाई बोले, ''विनोदभाई, देखो डॉक्टर क्या कर रहे हैं!''

विनोदभाई ने तुरंत दक्षाबेन को दरी पर लेटाया। कमरे से अन्य पुरुषवर्ग बाहर गया। मैंने बीपी देखा। रीडिंग था 'सत्तर'! कम से कम चाहिये एक सौ! दक्षाबेन का बीपी काफी कम था। चिकित्सकिय भाषा में इसे 'शॉक' कहते हैं। दक्षाबेन के शॉक में जाने का कारण अब अगली जाँच में ढूंढना था। जाँच करते करते ही मैं उसके पति - विनोदभाई से उसकी शिकायतों के बारे में जानकारी ले रहा था।

मेरा विचारचक्र तेजी से चल रहा था।

विनोद और दक्षा का विवाह एक माहपूर्व ही हुआ था। उसकी माहवारी तीन सप्ताहपूर्व ही आई थी। इसके पूर्व उसे ऐसा पेटदर्द कभी नहीं हुआ था। ऐसी 'हेल्दी' दक्षा पहलीबार ही बीमार हुई थी।

''आपकी जुबान दिखाईये।''

दक्षा की जीभ और होंठ सफेद पड गए थे। हृदय की धडकन भी तेज थी। ये सारे लक्षण पेट में रक्तस्त्राव होने के थे।

''मुझे आपका पेट दिखाइये, कहाँ दर्द है बताइये!''

मैं पेट को स्पर्श कर धीरे धीरे जाँच करने लगा। उसका पेट ठंडे पडे फर्श के माफिक कडक लग रहा था। उसके पेट के निचले हिस्से में बाएँ तरफ दर्द हो रहा था। वहाँ स्पर्श करते ही उसे असह्य वेदना होने लगी।

इसके पेटदर्द और शॉक में क्या सम्बन्ध होगा इसका मैं विचार कर रहा था।

एपेंडीसाईटीस की सम्भावना कम थी। क्यों कि ये दर्द दाहिनी ओर न होकर बाँए तरफ था। अलावा इसके पेट की जाँच में 'लिवर डलनेस' ठीक होने से अल्सर फुटने की आंतों में छेद होने की सम्भावना भी नहीं थी। दर्द की जगह के अनुसार कोई स्त्री रोग की संभावना अधिक थी। अभी अभी हुई शादी और फिर अचानक इतना पेटदर्द और बीपी कम होना इन सब लक्षणों के दक्षा के पेट में गर्भपात होने की सम्भावना अधिक लग रही थी।

स्त्रियों के गर्भाशय के दोनो ओर एक-एक बीजनलिका होती है। गर्भधारणा हमेशा दो में से एक बीजनलिका में होती है और ये गर्भ धीरे धीरे नलिका से मुख्य गर्भाशय में जाता है और बढता है। कम ही मौकों पर ये गर्भ नलिका में आगे नहीं बढता है और वही बढने लगता है। इसे ही 'ट्यूबल प्रेग्नन्सी' या 'एक्टोपिक जेस्टेशन' कहते हैं। इस नलिका में गर्भ को उचित और समुचित स्थान न होने से नियत समय पश्चात तेजी से बढ़ते गर्भ के कारण नलिका फट जाती है और पेट में रक्तस्त्राव होने लगता है और फिर आती है 'खतरनाक चिकित्सकीय इमर्जेन्सी'!

यह रक्तस्त्राव मुख्य रक्तवाहिनी से होने के कारण अपने आप बन्द होना असम्भव होता है। तुरंत शल्यक्रिया कर रक्तस्त्राव यदि बंद न किया जाए और बह गए रक्त की आपूर्ति फिर से नहीं की गई तो ऐसा मरीज बचना असम्भव होता है। हृदय की प्रत्येक धडकन के साथ रोगी का काऊंट डाऊन शुरू हो जाता है। तुरंत और तेजी से योग्य उपचार यदि हो तो ही ठीक।

मेरे मन में जो विचार मंथन हुआ उससे एक ही निदान स्पष्ट दिख रहा था, 'रप्चर्ड एक्टोपिक प्रेग्नन्सी'!

दक्षा को ढाढस बंधाते हुए मैं विनोदभाई को कमरे के बाहर ले गया। बाहर बहुत लोग खडे थे। मैंने रमेशभाई से कहा,

''रमेशभाई, दक्षाबेन के पेट में बहुत ज्यादा ब्लिडींग हो रहा है। उनकी स्थिति गम्भीर है।''

''उनकी जान को खतरा है। उन्हें किसी बडे हॉस्पिटल में भर्ती करना चाहिये। खून चढ़ाना जरूरी है।

''अरे, अपना केईएम हॉस्पिटल है ना पास में। मेरी गाडी में ले चलते है।''

सफेद झक कपडे पहने एक पहलवान जैसे व्यक्ति ने आगे आकर कहा। वे उस इलाके के नगर निगम के पार्षद थे। वे अंदर गए और जैसे बच्चे को उठाते है उसी तरह अपनी गाडी में रखा। वे और विनोदभाई भी तुरंत हॉस्पिटल की ओर चले। केईएम हॉस्पिटल वहाँ से पास में ही था। मैं और रमेशभाई स्कूटर से निकले।

केईएम हॉस्पिटल पुणे का एक बडा और अच्छा हॉस्पिटल! पिछले अनेक वर्षों से पुणे के पूर्वी हिस्से की गरीब जनता की सेवा के लिए प्रसिद्ध। हॉस्पिटल की प्रमुख पद्मश्री डॉ. श्रीमती बानू कोयाजी ने हॉस्पिटल और उसके मरीजों के लिये अपना जीवन अर्पित कर दिया था। श्री. मधुकर बिडकर उसी इलाके से और उनके डॉ. बानू कोयाजी से निकट के सामाजिक सम्बन्ध थे। उनका केईएम हॉस्पिटल में दबदबा था। हॉस्पिटल के आपातकालीन विभाग में बिडकर को देखते ही हलचल शुरू हो गई। तुरंत रक्त के नमूने लेकर सलाइन शुरू की गई। एक्स-रे, ईसीजी लिया गया। उस समय सोनोग्राफी की व्यवस्था नहीं थी। सारा निदान और निर्णय शारीरिक जाँच पर निर्भर रहता था। पांच मिनट में ही स्वयं डॉ. बानू कोयाजी पेशंट की जाँच करने आई। उन्होने दक्षा की गहन जाँच की और दक्षाबेन को 'रप्चर्ड एक्टोपिक प्रेग्नन्सी' होना कन्फर्म किया।

''लिसन, डॉक्टर्स, धिस इस ए वेरी सिरीयस केस! गेट हर बीपी अप, फास्ट, रियल फास्ट! अरेंज फॉर ब्लड, ॲनेस्थेटिस्ट, ओटी!'' डॉ. कोयाजी ने आदेश दिए।

सौभाग्य से मेरी सहपाठी डॉ. सौ. आशा काळे उस दिन ड्यूटी पर थी। मैं भी मेरे अगले काम अपने सहयोगियों को सौंपकर डॉ. काळे के साथ था। अगले दस मिनट में दक्षाबेन ऑपरेशन थिएटर में थी। स्वयं डॉ. बानू कोयाजी सर्जरी के लिये हाजिर थी।

''मॅडम, पेशंट का बीपी ११० बाय ७० है। पल्स नॉर्मल है। दो युनिट ब्लड ऑलरेडी जा चुका है। पिछले सप्ताह ही '१५ अगस्त' था इसलिए भरपूर ब्लड भी उपलब्ध है। मैं अब बेहोशी का इंजेक्शन दूँ?'' एनेस्थेशिया वाले डॉक्टर ने डॉ. कोयाजी से पूछा!

''और पांच ब्लड की बोतल मंगवा लिजिए। ओपन करने के बाद समस्या नहीं होना चाहिये। डॉ. कोया अगली सूचना दे रही थी।

डॉ. आशा काळे डॉ. कोया की मदद कर रही थी। मैं उनके पीछे मॉनिटर पर चलने वाले दक्षाबेन के ईसीजी ट्रेसिंग पर नजर रख रहा था। सब कुछ ठीक दिख रहा था।

डॉ. काळे ने मॅडम को रिपोर्ट किया, ''मॅडम, पेशंट इज रेडी।''

डॉ. कोयाजी ने ऑपरेशन शुरू किया।

''लूकअप एवरीबडी, पे अटेन्शन हिअर, मैं अब इन्सीजन ले रही हूँ। सिस्टर, सक्शन रेडी प्लीज!'' इतना कहकर डॉ. बानू जी ने धारदार स्कालपेल दक्षा के पेट पर चलाया। अगले क्षण ही दक्षा के रक्त की धाराएँ सभी के गाऊन पर आकर गिरी। सिस्टर और सहयोगी डॉक्टर्स सक्शन मशीन और जंतूरहित कपडों के स्वाब लेकर रक्त सोखने लगे। दक्षा का पेट रक्त भरे तपेले जैसा लग रहा था। जितना रक्त सोखा जा रहा था उतना ही फिर भर रहा था। बीपी फिर से कम होता जा रहा था। सभी डॉक्टर्स सिरींज से दक्षा की नस में रक्त 'पुश' कर रहे थे।

''करेक्ट डायग्नोसिस! पुअर गर्ल! शी विल नीड मोर ब्लड! कीप ऑन पुशिंग ब्लड, फास्ट! नाऊ आई विल कॅच द ब्लीडर! ऐसा कहकर जैसे पानी के टैंक में हाथ डालकर टूटे हुए पाईप को ढूंढा हो, उनके अनुभवी हाथों ने दक्षा के रक्तरंजित पेट में ब्लीडर का अन्दाज लिया और वहाँ झट से चिमटा लगा दिया। और क्या आश्चर्य? दक्षाबेन की स्थिति तेजी से सुधरने लगी। अब रक्त बहना बन्द हो गया था। भितर के अंग स्पष्ट दिखने लगे थे। बीपी स्थिर होने लगा था। सबके चेहरों से तनाव समाप्त होकर आशा उत्साह दिखने लगा। अगले कुछ मिनिटों में डॉ. कोयाजी ने दक्षा का ऑपरेशन समाप्त किया। उसकी बाएँ ओर की बीजनलिका निकालना पडी थी। किंतु दाहिनी नलिका स्वस्थ होने से भविष्य में दक्षा का गर्भवती होना सम्भव था। दक्षा को कुल सत्रह बोतल खून देना पडा था।

पंद्रह अगस्त के शुभदिन जिन्होने रक्तदान किया था उन सत्रह नागरिकों ने दक्षा को जीवनदान दिया था।

अगले दो दिन अतिदक्षता विभाग, फिर एक सप्ताह जनरल वॉर्ड में रहकर दक्षा घर लौटी। उसका नामकरण 'दक्षा' करते समय भविष्यकाल में 'दक्षकन्या पार्वती' की भाँति दक्षा को भी वैसे ही अग्निदिव्य को पार करना पडेगा, ऐसी जरासी भी भनक नहीं रही होगी।

इस प्रसंग के बाद मैं उसे मिलने घर गया तब दक्षा और विनोदभाई दोनो पैर छूकर प्रणाम करना नहीं भूले। दक्षा का कृतज्ञ चेहरा देखकर मुझे असीम आत्मसंतोष महसूस हुआ।

वैसे देखा जाए तो दक्षाबेन के पुर्नजन्म की ये कहानी यहीं खत्म होती है। किंतु दक्षाबेन और विनोदभाई का अगला सफर आगे अनेक वर्षों तक जारी रहा। डॉक्टर-पेशंट सम्बन्धों के आगे स्नेहबंध विकसित हो गए। दो-तीन सालों बाद दक्षाबेन फिर गर्भवती हुई। दक्षाबेन को पुत्रप्राप्ति हुई। २० वर्षीय केतन आज अमेरिका में अध्ययनरत है विनोदभाई का व्यवसाय अच्छा चल रहा है।

इस केस के बाद दो तीन ऐसी ही 'एक्टोपिक प्रेग्नन्सीज' का निदान मैंने किया। लेकिन अब सोनोग्राफी मशीन की उपलब्धता से शहरों में एक्टोपिक का निदान गर्भपात के पहले ही हो सकता है और समय रहते शल्यक्रिया की जा सकती है।

किंतु देहातों में स्वास्थ्य केन्द्रों की स्थिति पहले जैसी ही होने से वहाँ के डॉक्टरों को आज भी ऐसी ही दक्षाबेन फिर से मिलने की संभावना है।

❖❖❖

बिना शक्कर खाए मीठी नींद

''सर, मैं अश्विन खन्ना बोल रहा हूँ। मेरे भतीजे के लिए आपका समय चाहिये। आपका आज का आखरी पेशंट मान के आप बताएँगे उस वक्त उसे ले आऊँगा। मेरा भतीजा अमित तेरह वर्ष का है, लेकिन पिछले कुछ दिनों से उसका स्वास्थ्य ठीक नहीं है। आपके अनुभवी नजर से आप उसे देख लेंगे तो हम खुश होंगे।'' खन्ना परिवार पिछले तीस वर्षों से मेरे क्लिनिक में आ रहे थे।

रात दस बजे के आसपास परिवारजन अमित को लेकर मेरे सामने बैठे थे। उसके पिताजी बता रहे थे, ''अमित अभी आठवीं कक्षा में पढ़ रहा है। किंतु पिछले कुछ दिनों से ठीक नहीं है। भोजन भरपूर करने के बावजूद उसका वजन दिन प्रतिदिन कम होता जा रहा है। शरीर से चर्बी कम होती जा रही है। कपडे ढीले होते जा रहे हैं। दिनभर पानी पीता रहता है और यूरीन के लिए भागता रहता है। रात्री में भी दो तीन बार उठता है। पिछले दो-तीन दिन से, शायद पित्त के कारण, पांच छह उल्टियाँ भी की उसने! क्या करें, समझ नहीं आया तब आपके पास लाए हैं।''

अमित के पिताश्री की बात से चिंता स्पष्ट झलक रही थी। अमित की शिकायतें सुनकर उसे 'ज्युवेनाईल डाइबेटीस' अर्थात बाल मधुमेह हुआ होने की संभावना मेरे मेन में आने लगी। उतने में ही अमित की यूरीन के नमूने में डूबा कर 'मल्टीस्टीक्स' नामक पट्टी लेकर अन्दर आया। यूरीन की तुरंत दस प्रकार की जाँचें करनेवाली इस पट्टी में अमित की यूरीन में भरपूर याने 'फोर प्लस' के बराबर शक्कर होना स्पष्ट हो रहा था। अमित के सौभाग्य से यूरीन में केटोन अर्थात एसिटोन की मात्रा बढ़ी नहीं थी।

अबतक अमित जाँच होने वाले कमरे में ही लेटा हुआ था। उसकी शारीरिक जाँच में वजन कम होने की निशानियाँ दिख रही थी। कुल मिलाकर उसे देखते ही बालमधुमेह का निदान होने के किताबी चित्र दिख रहे थे।

अमित की जाँच खत्म कर उसके पिताजी और अन्य खन्ना परिवारजनों से चर्चा कर रहा था, ''अमित के रक्त में शक्कर की मात्रा बढी है ऐसा यूरीन की जाँचसे दिख रहा है। उसके रक्त में कितनी शक्कर है इसकी जाँच करनी होगी। उसके लिए उसके अंगुली में सूई चुभोकर बूंद भर रक्त लेकर ग्लूकोमीटर नामक हथेली बराबर के मशीन से जाँच करनी पडेगी।

मेरे सहयोगी ने सुई चुभो कर एक बूंद रक्त लेकर ग्लूकोस्टीक नामक पट्टी पर लगाया। पांच सेकंडस् के अंदर ग्लूकोमीटर के स्क्रिन पर शक्कर की मात्रा का चित्र आया। '४५० मिलीग्राम प्रति १०० मि.ली.'।

देखिए, अमित के रक्त में शक्कर की मात्रा काफी बढ़ी हुई है। हमारे रक्त में शक्कर की मात्रा १०० तक रहती है। भोजन के पश्चात १६० तक बढती है। पाचन होकर शक्कर रक्त में जाने से ये लेवल बढ़ता है। रक्त की शक्कर को पूर्ण शरीर की अन्य पेशियों तक पहुँचाने का कार्य 'इन्सुलीन' नामक हार्मोन करता है। ये इन्सुलीन हमारे पेट के स्वादुपिंड अर्थात पॅन्क्रीयाज नामक ग्रंथी तैयार करता है। किन्ही कारणों से पॅन्क्रियाज में तैयार होने वाले इन्सुलीन की मात्रा कम होने पर या इन्सुलीन की कार्यक्षमता कम होने पर रक्त की शक्कर पेशियों तक नहीं पहुँच पाती और वह रक्त में ही रह जाती है, जिससे रक्त में शक्कर का अनुपात बढ़ जाता है।''

रक्त में शक्कर की मात्रा १६० से अधिक होने पर ये शक्कर यूरीन के रास्ते शरीर के बाहर हो जाती है। अन्यथा हमारी यूरीन में शक्कर बिल्कुल नहीं होती। इसीलिए यूरीन में शक्कर होने पर अथवा रक्त में शक्कर की मात्रा बढने पर मरीज को मधुमेह या डाईबीटीस हुआ होने का निदान किया जाता है। मूत्रपिंड में हमारा रक्त सतत फिल्टर होता रहता है और अशुद्ध पदार्थ फिल्टर होकर यूरीन तैयार होती है। शरीर के लिए आवश्यक घटक फिल्टर प्रक्रिया के बाद फिर से रक्त में मिल जाते हैं। शक्कर आवश्यक घटक होने से फिर से रक्त में मिल जाता है और फिर यूरीन के मार्ग से बाहर आती है। ऐसी शक्कर अपने साथ पानी भी बाहर खिंचती है। जिससे यूरीन की मात्रा बढ जाती है। बारबार यूरीन आती है। रात में न उठने वाला व्यक्ति रक्त में शक्कर बढने से बार बार उठता है। यूरीन में शक्कर की बढ़ी मात्रा हो तो यूरीन की मात्रा भी बढ़ती है और बारबार प्यास लगती है। यद्यपि खून में शक्कर की मात्रा बढी भी हो तो भी वह पेशियों तक नहीं पहुँचती। 'बाहर से सम्पन्न लेकिन अंदर से अकाल' ऐसी स्थिति निर्मित होती है! पेशियों को सामान्य रुप से कार्य करने के लिए आवश्यक ऊर्जास्त्रोत अर्थात ग्लुकोज कम होने से पेशियों के कार्य की गति मंद हो जाती है। वाहन के इंधनवाहक नली में बाधा

उत्पन्न होने पर उसकी कार्यक्षमता कम हो जाती है, उसी प्रकार मधुमेह के मरीज जल्दी थक जाते हैं। किसी पेड-पौधे को पानी न मिलने पर वह मुरझा जाता है, उसी तरह से मधुमेह का मरीज सुस्त हो जाता है। पेशंट की पेशियों को शक्कर की पूर्ति कम होने से 'शरीर में अन्न की कमी है' ऐसा अर्थ लेकर अन्य पेशियों में एकत्रित आपातकालीन शक्कर फिर से रक्त में प्रवाहित होती है। शरीर के लिए ऊर्जा का सर्वोत्तम संग्रह याने चर्बी की पेशियां! ये पेशियाँ याने, शरीर की चर्बी का विघटन होकर शक्कर तैयार होती है और मूत्र के रास्ते शरीर के बाहर जाती है जिससे मरीज का वजन कम होता है। 'डाईबिटीस' इस अंग्रेजी शब्द का एकदम उचित अर्थ है, 'मनुष्य का घुल जाना'! अमित के मामले में निश्चित रूप से यहीं सब हुआ था।

''अमित की ये सारी शिकायतें कैसे निर्मित हुईं, अब आप समझ चुके होंगे। कल सुबह कुछ और जाँचें कर बीमारी की और अधिक जानकारी निकाली जाएगी।''

खन्ना परिवार पर ऐसा कठीन प्रसंग आने से सारे के सारे स्तब्ध थे। थोडा सा संवरने पर उन्होने मेरे समक्ष प्रश्नों की बौछार लगा दी। यह स्वाभाविक ही था। अपने इकलौते पुत्र को ऐसी बीमारी होने का पता चलने पर सभी के चेहरे गमगीन हो गए थे।

''कल की जाँच में अमित के स्वादुपिंड के बारे में और अधिक जानकारी लेनी पडेगी। इस ग्रंथी में सूजन है या उसमें कॅल्शियम के स्टोन बन गए है, यह देखना पडेगा। खून के हेमोग्लोबिन के 'ए१सी' इस उपघटक की मात्रा गिनकर पिछले तीन माह में रक्त में शक्कर की औसत मात्रा का पता चल सकेगा।''

दूसरे दिन रात्री के समय अमित और उसके माता-पिता रिपोर्टस लेकर आए। सभी जाँचों से अमित को बालमधुमेह होना स्पष्ट हुआ था।

''अमित को रोज इन्सुलीन के तीन इंजेक्शन लेना होंगे, जिससे उसकी शिकायतें तो दूर होंगी ही साथ ही शारीरिक वृद्धि भी सामान्य रूप से होगी। इन्सुलिन का डोस तय करने के लिए उसके रक्त की बार बार जाँच करना पडेगी। स्वयं इंजेक्शन लगाना, ग्लुकोमिटर की सहायता से रक्त की जाँच ये सारे कार्य उसे सीखना पडेंगे। एक डायरी में नियमित रूप से सारा नोट कर मुझसे नियमित रूप से मिलना पडेगा। शुरू शुरू में ये सब कठीन लगेगा, लेकिन धीरे धीरे आदत बन जाएगी। मेरे सहयोगी आपकी आवश्यक मदद करेंगे ही।

मेरे सहव्यवसायी और प्रिय मित्र डॉ. विनोद शाह और मैं अपने अपने मरीजों के बारे में एक दूसरे से सलाह मशविरा करते रहते थे। मैं सप्ताह में एक

बार कोपरगाव को विनोद महाड जाकर वहाँ के मरीजों की जाँच करते थे। वहाँ के जरूरतमंद लोग पुणे आकर हमारी सलाहनुसार जाँचें करवाते थे।

लगभग पंद्रह वर्ष उम्र का अमोल नामक मरीज महाड से उसके डॉक्टर भाई के साथ शाम को विनोद के क्लिनिक में आया। उसे भयंकर पेटदर्द हो रहा था। विनोद ने उसकी जाँच की। पेट की जाँच से निश्चित निदान नहीं हो पा रहा था। अमोल का ब्लडप्रेशर काफी कम था। मात्र साठ सिस्टॉलिक! नॉर्मल माना जाता है १२०/८०! चिकित्सकीय भाषा में अमोल शॉक में था। इस पेशंट को तुरंत हॉस्पिटल में भर्ती कर अन्य जाँचें कर उपचार की आवश्यकता थी। शरीर में पानी की मात्रा कम होने से बीपी कम होने की आशंका थी। उस समय के दौरान हम हमारे पेशंट हरजीवन हॉस्पिटल में भर्ती करते थे। विनोद ने प्राथमिक उपचार और रक्त, यूरीन, एक्स-रे जाँच लिखकर हरजीवन हॉस्पिटल भेजा। उस समय सोनोग्राफी जाँच मशीन उपलब्ध नहीं थी। सभी निदान हाथ से ही पेट की जाँच कर की जाती थी। रक्त व यूरीन की जो जाँचें आजकल तुरन्त हो जाती हैं, उन्हें उस दौरान कम से कम आधा घंटा/ पंद्रह-बीस मिनट लग जाते थे।

डॉ. विनोद की सलाह पर अमोल हरजीवन हॉस्पिटल में भर्ती हुआ और उपचार शुरू भी हो गया। किंतु उसके स्वास्थ्य में सुधार होने के बजाए गिरता ही जाने लगा। रात दस बजे काम खत्म कर डॉ. विनोद अमोल को देखने गए तो उन्हें शॉक ही लगा, क्यों कि अमोल अब लगभग बेहोशी की स्थिति में था। उसकी साँसें तेज चल रही थी और बीपी 'लो' ही था। तब तक अमोल के रक्त व यूरीन की जाँच के रिपोर्टस भी आ चुके थे। सभी नॉर्मल थे। एक्स-रे भी नॉर्मल। लेकिन पेशंट गंभीर हालत में।

अब चिंता डॉ. विनोद की थी। पेशंट का भाई भी डॉक्टर होने से और पेशंट की स्थिति चिंताजनक होने से किसी वरिष्ठ फिजिशियन की सलाह - 'सेकण्ड ओपिनियन' लेना निश्चित हुआ। दुर्भाग्य से उस समय कोई वरिष्ठ फिजिशियन उपलब्ध नहीं थे। संयोग से उसी समय मेरे पेशंट देखने मैं हरजीवन हॉस्पिटल में ही था। विनोद और मेरी मुलाकात हुई।

''अरे सुरेश, मेरे पास एक प्रॉब्लेम केस है। तुम देख लोगे तो ठीक होगा।''

मैंने अमोल की जाँच की, रिपोर्टस देखे।

''विनोद, इस लडके को 'डायबेटिक केटो-ॲसिडोसीस होना लग रहा है। उसकी साँस तेज है, शरीर का पानी कम होने से डिहायड्रेशन के लक्षण दिख रहे हैं और बीपी कम है।''

''मुझे भी ऐसा ही लगा था, किंतु इसके युरीन रिपोर्ट में शक्कर व एसिटोन नहीं है। अतः यह निदान रुल-आऊट हो रहा है।''

इतने समय से पीछे खडे डॉ. मनोहर शेठ बोले, ''मुझे भी डाइबिटिस की सम्भावना अधिक लग रही है। मुझे इसके श्वास से एसिटोन जैसा मधुर गंध भी आ रही है। इसे इन्सुलीन देकर देखने में क्या हर्ज है?''

किंतु सर, यदि इसे डाइबिटीस न हो तो उसकी शक्कर और कम होकर अधिक ही गम्भीर स्थिति हो जाएगी।'' डॉ. विनोद बोले।

मधुमेह जब खूब बढ़ जाता है अथवा इन्सुलीन की मात्रा काफी कम हो जाती है तब शरीर में एनर्जी निर्माण के लिए ग्लुकोज की बजाए शरीर की चर्बी का उपयोग इंधन जैसा किया जाता हैं। मात्रा से अधिक चर्बी जलने से केटोन नामक आम्लपदार्थ ज्यादा मात्रा में तैयार होते है जिससे मरीज बेहोश हो जाता है। इसे ही 'डाइबेटिक कोमा' कहते हैं। हमारा अंदाज था कि अमोल इसी बीमारी से ग्रस्त हैं।

मधुमेह की सम्भावना ध्यान में रखकर रक्त की शक्कर की जाँच हेतु पेशंट के भाई को रुबी हॉल में भेजा। रिपोर्ट आने तक हमने प्रयोग स्वरूप अमोल के रक्त की आठ बूंदें और बेनेडिक्ट रिएजेंट का उपयोग कर शुगर टेस्ट करने पर वह ++पॉजिटिव निकली। रक्त में किटोन हेतु की गई टेस्ट भी पॉजिटिव निकली।

''अर्थात इसके खून में ५०० से १००० तक शुगर होना चाहिये। हमें इसे इन्सुलीन देकर देखना चाहिये।''

हमने अमोल को नस से २० युनिट इन्सुलीन, ५० मि.ली. सोडियम बायकार्बोनेट, एक लिटर नॉर्मल सलाईन भी तेजी से दिया। और, हमारी अपेक्षानुसार आधे घंटे के अन्दर ही मीठी नींद से जागकर अमोल ने आँखें खोली और हम सबने राहत की सांस ली। उसका पेट दुखना भी अब कम हुआ। उसी समय पेशंट का भाई - अमोल के रक्त की शुगर रिपोर्ट लेकर आया। रिपोर्ट था ६०० मि. ग्राम।

डाइबिटिस के पारम्परिक उपचारों से सुबह तक अमोल एकदम ठीक हो गया।

अब सवाल यह था कि पहले किए गए युरीन टेस्ट में शक्कर और एसिटोन क्यों नहीं था।

थोडी ही देर में हॉस्पिटल के लेबोरेटरी टेक्निशिएन श्री जपे के ड्यूटी पर आने पर इस सवाल का जबाब मिला। घटित घटनाक्रम के बारे में कुछ न बताकर वहाँ के हाऊसमन डॉ. गिरीश तवटे ने बडी खूबी से पूछने पर जपे ने कहा, ''देखिए डॉ. तवटे, मैं एक शॉर्टकट व्यक्ति हूँ। जिंदगी में आदमी ने दिमाग से काम करना

चाहिए। उस छोटे बच्चे की यूरीन में शुगर की जाँच करना याने केवल वेस्ट ऑफ टाईम! छोटे बच्चों को डाइबिटीस कैसे हो सकता है? मैंने उसकी शुगर बिना जाँच करे ही लिख दी!''

डॉ. तवटे ने माथा पीट लिया। किंतु अपने अज्ञान, अतिहोशियारी या मूर्खता के कारण अमोल को मृत्यु की गोद में धकेलने का जरा भी एहसास जपे को नहीं था।

इस घटना को अनेक साल हो गए। अमोल ने आगे डायबिटिस के लिए सारे परहेज पालन करने से उसे कभी हॉस्पिटल में भर्ती नहीं होना पडा।

किंतु अमोल की तुलना में अमित उम्र में और ही छोटा था। उस नन्ही जान के सामने अनेक प्रश्न खडे थे, इन्सूलिन का इंजेक्शन लेना, ग्लूकोमीटर का उपयोग करना सीखना, भोजन में परहेज रखना, दोस्तों के प्रश्नों के जबाब देना इत्यादि! किंतु अमित की तारीफ करनी होगी, उसने सभी प्रसंगों का सामना हँसकर सफलता से किया। कभी मेरे समक्ष शिकायत नहीं की। उसके अनेक सवालों के उत्तर मेरे पास तैयार थे। ऐसे 'स्वीट' बच्चों पर मीठा न खाने की बीमारी लादकर कुदरत ने बडा ही अन्याय किया था।

''डॉक्टर, हम दोनों को ही मधुमेह न होते हुए हमारे बेटे को ये बीमारी क्यों लगी?''

अमोल की माँ के इस प्रश्न का जबाब मुझे नहीं मालूम था। लेकिन मेरा विश्वास है कि आगामी कुछ ही वर्षों में चिकित्साशास्त्र में हो रही तेजगति की प्रगति से इस प्रश्न का उत्तर हमें निश्चित रूप से मिलेगा।

दोस्तों, चलें, इंतजार करते हैं उस स्वस्थ भविष्य का!

❖❖❖

लेखक परिचय

डॉ. सुरेश शिंदे

पुणे के प्रख्यात फिजिशियन डॉ. सुरेश शिंदे ने १९७५ में बी.जे. मेडिकल कॉलेज, पुणे से स्नातकोत्तर चिकित्सकीय शिक्षा पूर्ण की। तत्पश्चात पिछले ४३ वर्षों से सतत चिकित्सकीय सेवा में रत हैं।

विषबाधा, हृदयरोग, मधुमेह इत्यादि विषयों पर उनके शोध प्रबन्ध अनेक वैश्विक चिकित्सा परिषदों और नियतकालिकों में प्रकाशित हुए हैं।

कीटनाशकों से होनेवाली विषबाधा और उसके उपचारों पर उनके संशोधन को चिकित्सा परिषद में प्रथम पुरस्कार से सम्मानित किया गया है। मनोरंजन के साथ लोकशिक्षा के उद्देश्य से लिखे उनके स्वयं के अनुभवों पर आधारित अनेक लेख अलग-अलग भाषाओं में प्रकाशित हुए हैं। अनेक संस्थाओं ने उनके योगदान का संज्ञान लेकर उन्हें अनेक पुरस्कारों से विभूषित किया है।

वर्तमान में वे आधुनिक आहारप्रणाली का अतिरेक, व्यायाम का अभाव, उस से उत्पन्न होनेवाले हृदयरोग, मधुमेह, मोटापा जैसे जानलेवा रोग कैसे टाले जा सकते हैं और उसके उपचार विषय के संशोधन में व्यस्त हैं।

'मधुमेही अवस्था का निराकरण कर फिर से कैसे निरोगी बना जाए' - यह उनका पसंदीदा विषय होकर, इस विषय पर विभिन्न शिक्षा योजनाओं में डॉक्टरों के लिए निरन्तर व्याख्यान दिए हैं। वर्तमान में स्वारगेट, पुणे में उनका क्लिनिक हैं और वे पूना हॉस्पिटल में मानद चिकित्सक के रूप में कार्यरत हैं।

❖

अनुवादक परिचय

दिलीप जोशी
२४, परस्पर नगर, अन्नपूर्णा रोड,
इन्दौर ४५२ ००९
९८२६३५६९६९, ८३७०००८७८७
ईमेल - dileep.joshi21957@gmail.com

- ❖ नैशनल इन्श्योरेंस कं. लि. से सहायक प्रबन्धक पद से ३१ जुलै २०१७ को निवृत्त
- ❖ इन्दौर की विभिन्न सामाजिक-सांस्कृतिक संस्थाओं में सक्रिय सहभागिता।
- ❖ मध्य प्रदेश-छत्तीसगढ़ में साधारण बीमा कर्मचारियों का जनरल इन्श्योरेंस एम्पलॉईज ऑल इण्डिया एसो. तथा जनरल इन्श्योरेंस एम्पलॉईज यूनियन (वेस्टर्न झोन) के माध्यम से २० वर्षों तक सफल नेतृत्व। इन्दौर सिटी ट्रेड यूनियन कौन्सिल तथा अ.भा. शांति और एकजुटता संगठन में सह-सचिव के रुप में कार्य।
- ❖ इन्दौर के प्रतिष्ठित समाचार पत्र नई दुनिया में विभिन्न विषयों पर लेखों का प्रकाशन।

अनुवाद प्रकाशन

१. मुंबई के स्व.कॉ. गंगाधर चिटणीस द्वारा लिखित किताब (मराठी) 'मंजिल अजून दूरच' का हिन्दी अनुवाद 'मंजिल अब भी दूर' का देश के प्रसिद्ध प्रकाशन गृह 'राजकमल प्रकाशन, नई दिल्ली' द्वारा प्रकाशन।

२. इन्दौर के लाडले कम्यूनिस्ट नेता, पूर्व सांसद कॉ. होमीदाजी की जीवनी (हिन्दी) का मराठी अनुवाद कॉ. गोविंद पानसरे अमृत महोत्सव समिति - लोक वाङ्मय गृह, मुंबई द्वारा प्रकाशित।

❖

www.ingramcontent.com/pod-product-compliance
Lightning Source LLC
LaVergne TN
LVHW040759051026
849519LV00007BA/2572